生命之歌

Gertrud

Hermann

Hesse

赫曼·赫塞 著　柯麗芬 譯

〈導讀〉

赫曼・赫塞、羅曼・羅蘭、卡夫卡

南方朔（文化評論家）

儘管赫曼・赫塞這個名字在近當代文學研究裡，已很少再被提到，但對台灣讀者而言，卻對他始終情有獨鍾，幾乎他所有的小說創作，都早在一九七〇年代即有了譯本。他一直是青年讀者探索生命意義和心靈境界的重要指標。

最後的浪漫主義英雄

在文學譜系上，赫塞和法國文豪羅曼・羅蘭（Romain Rolland, 1866-1944）乃是經常並論的人物。赫塞比羅曼・羅蘭小十一歲，但他們兩人心性相通，從一九一五年到羅曼・羅蘭逝世的一九四四年都通信不斷，羅曼・羅蘭甚至在一九三九年的信中說：「你是我藝術和思想上的兄弟。」羅曼・羅蘭出道及成名較早，他於一九一五年即獲諾貝爾文學獎，赫塞則遲至一九四六才得到諾貝爾文學獎。而他們兩人的關係之所以特別值得重視，乃是他們分別是法德這兩個文學系統「最後的浪漫主義英雄」。這兩個從十九世紀過渡到二十世紀的文學宗師級人物，他們面對著人類思想業已巨變，由「信」往「不信」的方向移動，但他們並未因此而懷疑、犬儒，或走向嘲諷，而是更加確定那浪漫狂飆時代的核心價值，如自然及自由的哲學，以及心靈空間的開創。他們傳承了浪漫主義的香火。

因此，要瞭解赫塞，首要之務即是必須回溯浪漫主義整個人文運動的內在精神。浪漫主義繼承了理性啟蒙的遺緒，將自由與解放的樂觀價值首度推到了高峰，除了自由、平等、博愛、人道，這些現世面的解放外，在美學與哲學上，則出現了真善美合一、歌頌自然、肯定宇宙有情的新意義範疇，並將人類的心靈自由和意義探索，拉到了一個新的高度。在浪漫主義的諸巨人裡，雨果的偉大人道胸懷、華滋華斯的自然和宇宙胸襟、歌德對靈魂自由的探索、貝多芬的自由奔放和熱情、拜倫對公義世界的追求，都將人文關懷的向度做了無限寬廣的擴延。

而羅曼・羅蘭和赫塞就是那個偉大人文傳統的繼承者。本質上，羅曼・羅蘭接近雨果的浪漫人道與浪漫自由精神。他的名著《約翰．克里斯多夫》即是最好的例證；至於赫塞，在早期則接近華滋華斯，對大自然的盎然生機有著神祕的崇拜，對萬物一體，交互融合，成為一切生命的律動也有著契合的思維。儘管羅曼．羅蘭和赫塞對浪漫主義的切入點並不相同，但他們在浪漫人道關懷上卻都相同。第一次世界大戰爆發時，羅曼．羅蘭首揭反戰旗幟，不能見容於法國而飽受抨擊，緊接著，赫塞也在瑞士《新蘇黎世報》發表反戰文章，被德國人指為叛徒，但赫塞卻受到羅曼．羅蘭的聲援與支持，並開始了法德兩個最後的浪漫主義英雄長達三十年的忘年友誼。

在此特別將法德這兩個最後的浪漫英雄那段友誼故事加以強調，其實是要指出文學史的一個重要轉折。整個近代文學，在走完十九世紀而進入巨變的二十世紀後，由於世界動盪，災難的頻仍，那種以「信」為核心的浪漫主義已愈來愈感挫辱無力，人類開始進入以「不信」為核心的現代主義這個新的階級。在文學史上，比羅曼．羅蘭、赫塞略晚一點的卡夫卡（Franz Kafka, 1883-1924），可以說即是替現代主義走出新路的先驅之一，他的《審判》、《城堡》等著作，已看不到對世界可以變得更好的熱情，剩下的只有森然冷酷的生存情境，以及人對生命意志的懷疑。文學做為熱情、浪漫、生命探索媒介，因而顯露出淋漓生機的那個階段，已開始要漸漸淡出了。

在文學隨著時代而巨變的時候，像赫塞及羅曼．羅蘭這樣的人物，他們儘管見證了十九世紀末歐洲的動盪，甚至兩次世界大戰的黑暗，以及不同國族間的仇恨對立，但這並不影響他們對樂觀浪漫主義的信念，放在二十世紀文學史上來看，那就成了難得的空谷跫音。這也是儘管他們那種高度感性、自我，並直接的文體，現在已很少有人還會那樣寫了，但他們那些熱情含量很高的作品，在幾經變易的當代，對讀者仍極具魔力。特別是赫塞的作品，在一九六〇年代不滿青年昂然而興的時代，他那種追求心靈境界的訴求，仍能打動許多年輕的心靈。浪漫主義文字可能會不合時宜，但只要人有心追求，它就有了再起的空間。

《生命之歌》——浪漫主義心靈成長小說

有關赫塞的生平及作品的探索，前人已做了許多。而非常值得注意的，乃是赫塞雖作品豐富，但他由始而終，無論思想和風格都有清晰的一致性和連貫性。由於浪漫主義深信個人與社會存在之目的性，它都是透過懷疑、徬徨、挫敗，而後在人的不屈意志下，從無路中找出那美好的出路。因此浪漫主義之學幾無例外的都是成長之學，而這本《生命之歌》，就是謳歌生命，謳歌友情和愛情的不朽之作。

《生命之歌》的結構與情節並不複雜，一個家境不錯的少年，從小就享有極大的自由，由於他對音樂有感，十二歲就開始學小提琴，而後到首都音樂學院就讀。但在這裡，他卻遇到了生命的第一個瓶頸，他追著學校的功課跑，上得很吃力，上鋼琴課更是折磨，他低估了藝術道路的艱辛。於是他開始自我懷疑。由於他年輕，長得也帥氣，而且家境也不錯，於是他便放縱自己，享受當下片刻的快樂，與女孩們打情罵俏，飲酒作樂，到各地遊蕩玩耍。在一個沒課的冬天午後，他們一群少男少女結伴出城嬉遊，飯飽酒醉要回家時，大家又起鬨，於是他坐在平底雪橇上，載著一個女孩由山坡上往下滑。這是個年少輕狂的愚行，他為此付出了慘痛的代價。雪橇瘋狂的向下衝，撞上了樹幹，兩人都摔倒在地。女孩只是皮肉輕傷，他卻左腿多重骨折，變成了一個瘸子，臥床四個月。他的人生已到了一個關鍵的轉捩點。

但他畢竟是個能自思自問、知道生命堅持的人，他很快就從殘缺的痛苦中站了起來，他已無法成為演奏家，但作曲卻是他的夢想，他要努力成為一個作曲家。尤其是他在受傷後去瑞士邊界的一個小村莊住了幾個星期。大自然的蓬勃壯麗及深邃動人，也發揮了療癒作用，且激勵出了他的生命力道，在旅遊途中，他終於寫下了他的第一首雙小提琴奏鳴曲，並開始以一種豁達愉悅的心情重返學校，繼續他的音樂事業。

而後，他的人生又在友情和愛情中再度遭受到極大折磨。他認識了歌唱家莫德，成了好友，莫德也很欣賞他的作曲才華，對他的事業也幫助極大；後來他和莫德又同時喜歡上美麗而有才華的富家小姐歌特蘿德，他因自慚形穢而退出這場感情的角逐，他明知莫德和歌特蘿德的婚姻可能是場不幸，但他為了友情也不能去干預破壞，最後果然是莫德自殺告終，他自己也失去了美麗快樂的布莉姬特的戀情機會。這本書作寫人生各種艱難的友情、愛情與事業的考驗，主角終以他自己的「端正心性」（Decent），修成了生命的正果。浪漫主義視真善美為生命之目的，因此詩人與音樂家常成為文學的中介角色。《生命之歌》的作曲家和《約翰．克里斯多夫》裡的作曲家，真的可以拿來對比參照。這也是赫曼．赫塞與羅曼．羅蘭心性相通的原因。

閱讀《生命之歌》最值得注意的，乃是赫塞那個時候德國興起了榮格（Carl Gustav Jung, 1875-1961）心理分析學派，它著重深層的心理分析，每個角色的心理轉折都異常深刻。一個人遇到挫折時的直接反應，以及克服挫折的心理昇華，每一步都軌跡清晰，對讀者的自省能力有極大的啟發，也更瞭解生命的歷程。人生不易，有太多愚昧、不幸，雖然外在的原因不能改變，但那內在的生命始終操持在自己手上，只要自己堅持做個端正的人，當時間過去，一切都被淡化，他留存下來的，就是純淨清澈的生命之歌，它是帶淚的微笑，是殘缺的美好。我讀這本著作，就對其中心理的跌宕起伏和自我超越的部分愛不釋手。赫曼・赫塞已替每一個人寫下了大家共同的生命之歌。

重讀赫塞，重溫理想的光輝

赫塞巨著不斷，他中期最重要的《荒野之狼》(Der Steppenwolf)，以心理分析雙重人格的角度，剖析人的「狼心與良心」的自我爭戰的勝利，來標誌人性的必勝。他晚期最重要的《玻璃珠遊戲》(Des Glasperlenspiel)，則要為不分東西方的世界，打造一個超脫政治、經濟和道德動亂的精神王國。赫塞橫跨西方基督教、東方佛教及印度教，兼對中國儒道兩家皆有涉獵，而且程度並不泛泛，這遂使得他最後這部《玻璃珠遊戲》，有了更大的走向未知的宇宙胸懷。他會在一九四六年這個二戰剛結束的時間點上被頒諾貝爾文學獎，其實是在推崇他那跨越藩籬、眾生平等、天人合一的世界襟懷。他曾經說過，世界是個表象，看起來各自殊異，但在那根部，則是所有的皆相濡相生。他那浪漫情懷所看的，就是這個根本，這也是今日重讀赫塞，要對那根本格外看重的原因。

浪漫主義的時代早已成了過去，昔日人們的熱情已被冷漠所取代，而由於熱情始可能產生的盼望則被苦澀的犬儒心情所掩蓋。當文學不再以「光照」為目標，文學存在的意義也就讓人懷疑起來。重讀赫塞，緬懷前賢，去體會那些浪漫的理想光輝，讓人們變得更加恢弘，或許才是可以有的覺悟吧！

殘灰中，有人看見新的火

吳鈞堯（作家）

讀赫曼．赫塞，是在高中與大學時代，特別是高中歲月與戒嚴時刻重疊、徬徨青春和懵懂情苗呼應，壓抑生活的蛛絲馬跡，都能在赫塞的作品中，找到宣洩與合理的看待。

高中至今，書籍累積漸多，每逢書冊出清，我檢視赫塞的小說，總不忍棄之，彷彿丟棄的不只是書，而是一段眷戀。從擁有赫塞的作品至今，已歷幾十個寒暑，他的著作如《鄉愁》、《荒野之狼》等，經過多次遷徙，定居書房門後的書櫃。雖位置隱晦，卻不受干擾，免除被拋售的命運。

重讀赫塞，滋味複雜，依稀老赫塞隔著百年光陰偷偷瞄我，更是自己的舊青春，透過他的故事還魂。

不能說年輕時不認真讀書，而是蒙著一個「愁」字閱讀，任何事都灰陰了。以前的我看《生命之歌》，或將之看作失戀之作，與主角庫恩，互以傷口安慰。《生命之歌》其實寫了許多個深刻主題，而以「殘缺」最能吸引年輕的我。

庫恩的「殘缺」首先表現在性格。庫恩是一個「不受喜愛、沒什麼天分、卻安靜的學生」。他不善交際，常搞得面紅耳赤且不知所云，於愛情部分，常是暗隱的羅盤，悶放在心，難以明現。這樣一個想愛卻無人可愛的年輕人，對愛情是潔癖的，他曾暗戀一個漂亮女孩，心思繞著她轉，知道女孩將在聚會唱歌，庫恩期待滿懷。女孩惡劣的歌喉消解了庫恩的愛戀，愛慕之情消逝無影。

庫恩害羞內向，不能說是「殘缺」，但青春萌發，對於不能說或者說不出的「愛」，不僅是「殘缺」，更是「宿疾」了，且連結沉默但廣大的族群。我不僅年輕時屬於這廣大族群，到現在也都還是。

庫恩在一次滑雪之旅，為贏得莉蒂青睞，一親芳澤，決意挑戰陡峻的崖坡。庫恩摔斷腿，成了瘸子，真的有了他的「殘缺」。瘸子如何走上舞台，成為知名作曲人，戰勝「殘缺」、迎擊心頭病，成為本書激勵人心的主題。

庫恩目睹女孩的爛歌喉，愛慕消散之際，點出本書的音樂主題。儘管庫恩常被漂亮女孩吸引，內在美卻更重要。莉蒂探視摔傷的庫恩，被他發現她的虛榮跟輕浮，庫恩的迷戀成為一場玩笑。庫恩沒怪責莉蒂，養傷時沉潛音樂，譜下他的第一首奏鳴曲。這首熱情奔放的曲子，使庫恩有機會認識演唱家莫德，以及他鍾愛一生的歌特蘿德。庫恩從譜寫不成熟曲子，到寫作歌劇、出版歌本、巡迴演出，一個音樂才華不被認同的人，在音樂領域發光。一條找到了、也勇敢踏上的路，讓庫恩從畏縮而無懼。

在進入本書的大主題「愛情」之前，可先看赫塞於創作的論點。「我的內在命運就是我自己的作品」、「痛苦與快樂是來自同一個源頭，是同一種力與樂的悸動與節奏」，「一投入創作……只剩下我獨自一人，全心投入且怡然自得」。關於作品論，「在她眼中我和我的作品沒有差別，她愛我，也愛我的作品」、「我感受到它的熱度，它不再屬於我，不再是我的作品」、「我的作品拔地而起……它不再需要我了，它已有了自己的生命」。約莫一九九〇年代，藝文界開始有了作者與文本分隔的說法，我認同，並也經常闡述，至今重讀，訝然發現我所述說的，很可能正是赫塞的腔調。

雖說「愛情」是重要主題，但依據庫恩的歷程，可表現為占有、祝福以及癲狂。無論是莉蒂、歌特蘿德，庫恩與她們的初逢、動心，欲念都屬於占有。

請看庫恩對歌特蘿德的強烈情感，「如果不能讓她完全並且永遠只屬於我一人，那我的人生便白活了，所有我的善良、溫柔、特出之處，都將沒有意義」。歌特蘿德下嫁莫德，庫恩且計畫以自殺了結自己。後來，父親病危，回鄉探視與料理喪葬、房產，並安排母親，適時拯救了庫恩。與老師羅爾的重逢，為庫恩提供心病的藥方，「學習多為別人想一點，少為自己想一點」、「為他人而活，不要把自己看得太重要」。

庫恩「占有」式的愛情，屬人之常情，但莫德的暴力、不安，說出了愛情的另一種魔力。這種魔力在初期甜蜜瘋狂，卻很快轉為破壞癲狂。莫德與歌特蘿德，很快地走完愛情歷程，進入威脅、猜疑與算計中，莫德的死，是一個音樂家的死，更是瘋狂式愛情的死。庫恩走了出來，看見愛情的分享、祝福以及他者的存在。

《生命之歌》的心理描寫層次豐富。「為了我的朋友莫德……為了生活在眾人之間，卻彷彿身處另一個星球的自己，我流下無聲無息的眼淚」。目睹莫德的死，「我無法憐憫他，因為他死了會比活著輕鬆」。庫恩的兩段心聲，都細膩深刻。

年輕時看《生命之歌》，常疑惑中譯本書名為什麼這樣定？因為主題是音樂、因為這是浪漫的愛情？

或者，「生命之歌」為生死的交替，鬱鬱發聲。比如庫恩摔斷腿，卻讓他深思音樂。肉體的死，導致靈魂的生？父親病危，打亂庫恩的求死，並讓音樂事業更上層樓。庫恩母親與她表姊的關係惡化，成為母子關係的活水。莫德死後，歌特蘿德找回活力，且又開始唱歌……

死與衰疲，不是絕對的灰槁，總有新的覺醒，在看似沉寂的人生真實中，找到另一種價值，且更具意義。我認為這是《生命之歌》所要告訴我的。而且，我常覺得，這是赫塞只跟我分享的小祕密。這樣的竊悅，我一放就是三十年了。而且我也知道，我的憂鬱與微笑，還在延續它們的保存期。

不斷成長的小說

周易正（行人文化實驗室總編輯）

在村上春樹《挪威的森林》裡，主角「渡邊」在女友「綠」家開的小林書店（已歇業）尋找想要閱讀的東西，最後找到的是書背已經變黃，赫曼．赫塞的《車輪下》。這個場景對我來說再合理不過，一方面，赫曼．赫塞確實是早年流行的作家，如今就算走進某間台灣已經歇業多年的「文具型」書店中，發現了赫塞的書也毫不讓人驚訝。另一方面，或許走進這樣的書店，我們仍能感受到吸引力、仍然會想要拿起來逐字閱讀的書，也的確很有可能就是赫曼．赫塞。

從赫曼．赫塞的作品早在一九七〇年代就已經大量引進翻譯這件事情看來，他很可能一度是台灣最廣被閱讀的德國作家。他在每本書中大量討論孤獨的段落、生命的價值，都算是五六年級生成長過程的「教科書」。那段時間，每個曾經有過苦澀青春的台灣小孩，或多或少都向他尋求過幫助；都曾經向他「借過」語言，用以描繪自己的「症狀」。雖然他的背景與文學訓練，讓他書中的故事，跟台灣讀者的生活經驗差距很遠（例如德國貴族的生活方式，或者對於情感與生命的激烈措詞），但正是這些反差，證明了赫塞的「成長小說」具有某種穿透時空的力道，架構出每個時代年輕人不變的苦澀心境；而且也是這些反差，讓台灣年輕人學會一種不熟悉的語言、以有距離的方式，了解自己。

《生命之歌》是赫塞早年作品，就文學上來看似乎沒能感覺到他的野心，也未能如他其他作品有較高的評價與知名度，但或許正是早期作品，才最能讓我們看出赫塞在文學及生命探索中，最急迫想要分享的內容。或許如此，這本書也因此成為最容易親近赫塞的作品。愛情、死亡、成就、友情與自我，這些成長過程中隨時出現的「困擾」遍佈全書。

我還清楚記得二十多年前閱讀這本書後，長長地呼出一口氣，彷彿釋放出了某些正在破壞自己的不明物體；二十多年後的今天再次閱讀，才驚覺自己竟然還在「成長」歷程中，沒能逃出赫塞構想的世界裡，這個「發現」雖然令人恐慌，但也帶有令人欣慰的意涵：赫曼．赫塞這位被我閒置多年的作家，應該重回床頭、桌邊，最少還能陪伴我們直到下一個二十年到來。

赫塞之歌

焦元溥（倫敦國王學院音樂學博士）

我對赫塞的最初認識，其實不是來自小說，而是來自音樂。

那是理查．史特勞斯的《最後四首歌》。作曲家先讀到艾森朵夫（Joseph von Eichendorff，1788-1857）的〈薄暮時分〉，激發創作靈感而完成譜曲，後來再加上三首赫塞詩作，集成所謂的《最後四首歌》。

這是最美最感人的藝術歌曲，是史特勞斯，或說所有音樂作品中，最偉大的創作之一。在〈薄暮時分〉尾聲，當歌手唱出最後一字「死亡」，作曲家引了自己年輕時的交響詩《死與變容》之「變容昇華」主題，溫柔象徵靈魂離開。史特勞斯寫作《死與變容》時才二十五歲，這部作品也常被人批評為浮誇。但在近六十年後，八十四歲的老人再度引用自己的青年少作，感覺竟妙不可言，也巧妙為自己一生做結——或許，這是音樂作品裡最美的引用。

但我常常想，為何史特勞斯不找艾森朵夫其他詩作，而要選赫塞作品來完成《最後四首歌》？

一是赫塞文字節奏跌宕生姿，音韻起伏優美；二來赫塞因反戰而被納粹列入黑名單，最後索性歸化瑞士。戰後的史特勞斯用赫塞詩作譜曲，或許也是呼應自己內心的聲音。

第三，如果《最後四首歌》結尾要引用自己少作，那麼還有誰的作品更適合用以搭配〈薄暮時分〉，如果不是赫塞筆下的青春與追尋？

《生命之歌》正是這樣的作品。「不是詩人，便什麼都不是。」即使寫的是小說，赫塞在《生命之歌》裡還是不折不扣的詩人。不只有詩意文句，更有詩意表達。酒神的不羈不安和日神的理性平和，透過主角在自苦中觀察，見證黑暗躁動撞上光明正向，最後可能是什麼結果。書寫人生，赫塞筆調始終優雅，還不忘幽默詼諧。越到最後，越是深沉的沉澱，筆調卻越是平淡坦然。即使作者自己覺得《生命之歌》應該要寫得更好，這仍然是清朗可讀的作品。

但更精彩的，是在《生命之歌》中，赫塞不只是詩人與小說家，更是音樂家。赫塞的小說，多少都有點自傳色彩——或許也只有如此，他能真實寫出一個平庸音樂家的心路歷程，以及何以在凡俗之中淬煉出深刻藝術的奇妙轉變。那些模糊不明、朦朧難測的感受，在赫塞筆下竟如此真實清晰，讓人為之共鳴、為之嘆息。

而讀了《生命之歌》，再回過來聽《最後四首歌》中以赫塞詩作寫成的三首，竟覺鬼使神差地貼切。「你再次理解我，你溫柔地吸引我，而我因你而幸福快樂，全身顫抖」，難道〈春天〉不是主角庫恩與歌特蘿德的相識？〈九月〉「夏天在戰慄，悄悄奔向自己的末日」，又多麼真實地描繪庫恩的失落心碎。至於〈入睡〉「乘上自由的翅膀翱翔，在黑夜魔圈裡，千百倍深刻地去生活」，不正是小說結尾的清澈餘韻？

或許，這是作曲家沒有說出的祕密，《最後四首歌》在引用之外的美麗暗喻。

融合哲學與詩意的魅力經典

王聰威（小說家）

我初讀赫曼・赫塞，是在高中升大學的暑假，接下來的一整年讀完了所有中譯本，也就註定了他的作品會以「心靈導師」的角色參與我最求知若渴的成長時期。對我而言，《生命之歌》便是經典的青年養成小說，不僅僅是鼓勵智識上的追求，也一併附送了未來一定會遭遇的戀愛折磨。年輕時並沒辦法感受到那苦痛，只覺得一切只是浪漫的開端，而躍躍欲試，如今重讀則像是印證人生。雖然理解的方式不同了，但是那種沉甸甸的傷懷卻重新回來，我想這是赫塞早期的魅力所在，哲學與詩意靜悄稍地融合，讓何時何地的人間都顯得可愛與無常。

內在的命運——閱讀《生命之歌》

吳旻潔（誠品董事長）

赫曼．赫塞是我最喜歡的作家，從少年時候第一次讀到他的《流浪者之歌》就這麼覺得了，這樣的感受多年來一直沒有改變過。

已經記不清楚這是第幾回閱讀《生命之歌》。每一回，都從詩人沉澱的、如詩一般的語言中，叩問、反芻、回味、沉浸、聆聽、放鬆並得以休憩。很喜歡這部作品的原因，在於音樂家自述生命回憶的第一段自白，就真誠安靜地收服了我的心：

「從外界角度看來，我的一生並不怎麼幸福。不過即使曾經迷惘，也不至於稱之不幸……如果人生的意義在於有意識地接受外在命定的一切，全心品味其中的順境與逆境，同時為自己贏得一個更深層、更原始、不受偶然左右的內在命運，那麼我的一生並不匱乏，也不悲慘。如果我的外在命運就像其他所有人的一樣，是眾神的安排，是不可規避的，那麼我的內在命運就是我自己的作品，甜蜜或苦澀都屬於我自己，所有的責任都該由自己承擔。」

這個探究外在際遇與心靈對話的故事，需要讀者靜靜地閱讀與開啟。然而，我想，就是如許描述，總結了我對於赫曼．赫塞的尊敬與喜愛。我感到他正是一位經歷過種種煎熬、痛苦與困頓，並在其間發現了自己深層、原始與不受偶然左右的內在命運的詩人，並將所有的美好與不美好，都吟唱成了一首慈悲的詩歌，讓每位接觸他的語言的人，都有機會感受到清淨的力量，並得以思索、鍛鍊與轉化自己內在的命運。

生命之歌

第一章

從外界角度看來，我的一生並不怎麼幸福。不過即使曾經迷惘，也不至於稱之不幸。如此詰問幸或不幸，說到底是件很愚蠢的事，因為比起快樂的日子，自己更難割捨的是生命中最不幸的那些日子。如果人生的意義在於有意識地接受外在命定的一切，全心品味其中的順境與逆境，同時為自己贏得一個更深層、更原始、不受偶然左右的內在命運，那麼我的一生並不匱乏，也不悲慘。如果我的外在命運就像其他所有人的一樣，是眾神的安排，是不可規避的，那麼我的內在命運就是我自己的作品，甜蜜或苦澀都屬於我自己，所有的責任都該由自己承擔。

早年的我曾幾度希望成為一位作家。假使我果真成了作家，那麼我會無法抵擋誘惑，而不斷探究自己的生命，一直追溯到童年淡淡的陰鬱，以及存放在最深層記憶中悉心呵護的歡樂泉源。這些寶藏對我來說實在太珍貴、太神聖，以致於我不想親手毀了它。關於我的童年，可謂美好、快樂，我有全然的自由去發掘自己的興趣與天賦，自己創造最深的喜悅與痛苦；不將未來視為從天而降的外在力量，而是看成希望，是靠自己力量成就的果實。於是我就這麼當個不受喜愛、沒什麼天分、卻安靜的學生，穿梭在校園裡，最後大家也都隨我，因為我看起來似乎無法容忍外在強大的關注。

大概從六、七歲開始，我意識到所有看不見的力量中，音樂的力度最強，最能掌握與左右我。從那時起，我有了自己的世界、自己的避難所以及自己的天堂，一個別人無從奪取或破壞，而我也不想和別人分享的私人樂園。當時的我儼然就是個音樂家，雖然十二歲以前從來沒學過樂器，也從沒想過日後要以音樂餬口。

從那時起我的人生就沒什麼重大的改變，因此如今回想起來，我的人生並不多采多姿，而是從一開始就注定在同一個星球上，就著同一個基調演奏變奏曲。不論平順或坎坷，存在內心最深層的生命力從未變動過。儘管曾經有段不算短的日子都在別的領域攪和，不想碰觸樂譜和樂器，但是始終有個旋律在血液中跳動、在脣邊哼唱，呼吸換息之間盡是節奏與律動。無論我多熱切地在別條道路尋求救贖，希望遺忘和獲得解脫，無論我多渴望上帝、知識與平和，所有一切總只在音樂裡找到。不必是貝多芬或者巴哈，只要世界存在音樂，只要人心偶爾為節奏感動，充滿和諧，對我來說，那就是一份深刻的慰藉與生命存在的意義。喔，音樂！腦海中浮現一個旋律，你默默地在心中哼唱，讓旋律浸潤你的靈魂，占據你所有的活力——她一旦進入你的生命，所有偶然、不幸、殘忍與哀傷都將消失，整個世界都響起同樣的旋律，沉重者將變得輕盈，呆滯者也會跟著飛舞起來！一首民謠的旋律就能成就這一切！更不用說和聲！每個由單音齊鳴的和聲，例如教堂的鐘聲，即是能滿足心靈的宴饗，昇華優雅氣質。隨著每個混入的樂音，逐漸熱烈的和弦甚或能激動內心，令之因幸福歡愉而顫抖。這份喜樂不是其他歡樂能夠辦到的。

所有民族與詩人曾經夢寐以求的極樂幸福中，我總覺得聆聽和諧的天籟是最大、最深刻的喜樂：瞬間聽見宇宙的脈動以及所有生命中與生俱來神祕的和諧，那幾乎就是我心中最熱切與真誠的夢想。每首簡短的歌與簡單的樂曲都清楚啟示著，清澈樂音水乳交融合奏出的純潔與和諧將開啟天堂！啊，人生怎可能如此紛擾、走調與虛假？人與人之間怎會有欺騙、邪惡、嫉妒與怨恨存在？如果我全心全意都無法寫出純粹的生命之歌，那麼又怎能有所責難與怨言呢？我感覺到了內心深處無法抗拒的提醒以及對純潔、悅耳與神聖樂音之抑揚起伏的渴望，但是我的生命充滿意外與不幸，無論我走向何處，在何處敲擊，都沒有獲得任何清晰的迴響。

不提這些了，我要開始說故事。若要思索自己是為誰寫下這些篇章，究竟是誰有這麼大的影響力，讓自己走出孤寂，進而自我剖析，那麼我必須提到一位心愛女子的名字。這個名字不只出現在我大部分的遭遇與命運中，更可說是引領一切的星星，是崇高的象徵。

第二章

直到學校畢業前幾年，當同學們開始談論未來的職業，我也才開始思考自己的未來。將音樂作為謀生職業，原先其實是想都沒想過的，然而我實在想不出其他任何有樂趣的職業。我並不討厭從商或者從事其他父親建議的工作，只是對它們沒什麼熱情。不過當同學們都如此為各自選擇的職業志向感到驕傲，我的心中或許也出現了一個勸進的聲音，將原本就占滿腦海，而且是唯一能帶來樂趣的喜好變成職業，似乎是個正確的好選擇。我十二歲開始學小提琴，並在良師的調教下拉得有模有樣，這對我的工作志向有不少助益。不管父親多麼不願意，擔心看到他唯一的兒子走上前途未卜的藝術家之路，他的反對反而強化了我的意願，同時那位疼愛我的老師也極力支持我的願望，父親終究是讓步了，只要求我多在學校待一年，以檢驗我的持續力，同時暗地冀望我或許會改變心意。這一年我還算有耐心地度過，並且更確定了我追夢的決心。

在學校最後那年，我首次愛上了我們那群朋友中的一位漂亮女孩。我並不常見到她，也沒有強烈渴望與她碰面，只是如夢般品味與體驗初戀甜蜜的悸動。那段期間我的心思成天圍繞在音樂世界與心愛的人身上，夜裡因為內心波動無法入睡，於是我第一次有意識地記住了盤旋腦海的旋律，並試著將它寫下來，那是兩首短曲。儘管有些難為情，我的內心充滿喜悅，這雀躍之情令我幾乎全然忘卻初戀淡淡的苦澀。那段期間我聽聞心上人在上歌唱課程，便極為渴望親耳聽到她唱歌。幾個月後，這個願望在我父母家舉行的一個晚間聚會裡實現了。那位女孩被起鬨獻唱一曲，她原先極力推卻，最後還是接受了。我熱切期待著她的演唱。一位男士彈著我們家的小鋼琴為她伴奏，他先彈了幾個旋律後，她就開始唱了。啊……她唱得真難聽，可憐糟糕透了！她還在演唱時，我的錯愕與折磨已轉為同情，繼而一笑置之。從那時起，我對她的愛慕之情便消逝無蹤。

我雖然很有耐心，也不是不用功，卻不是什麼好學生。最後的那一學年，我完全不再用心了。不是提不起勁，也不是因為迷戀什麼女孩，而是犯了年輕人愛作白日夢的毛病與凡事無所謂的態度。頭腦經常昏昏沉沉，只偶爾想起過往如入浩瀚蒼穹般享受創作喜樂的奇妙時光時，會突然從夢中清醒，感覺被一股清新透澈的空氣圍繞著。在這樣的氛圍中，不會有空想與痛苦，所有感官知覺都變得敏銳，同時潛心等待靈感湧現。那時留下的創作不多，約略十首旋律和幾個和音的開端，但我從未忘記那股清澈、甚至寒冷的氣息，以及為了譜出一首真正獨特、非偶然之作的曲子，那種全神貫注的氛圍。我並不滿意這些小小的創作成果，也不認為有什麼可取之處，但我清楚明白生命中沒什麼比那個清澈、富創造力的時光再現更值得追求與重要的了。

此外我還記得一些熱衷於隨興拉琴的日子，享受靈光乍現，陶醉於精采豐盈的氛圍，只是不久後，我就明白那不是創作，而是我必須慎防的嬉戲與狂熱狀態。我注意到，醉心沉溺於狂想，與堅持在音樂形式的奧祕中腦袋清楚地與敵人角力突圍，是兩回事。同時我也瞭解到，真正的創作是孤獨的，必須捨棄安逸的日子。

終於自由了！學校畢業，拜別父母後，在首都的音樂學院展開新生活。我滿心期待，同時確信自己會成為音樂學院的一名好學生。然而事與願違，情況令人難堪與遺憾。我吃力地拚命追著課程跑，上鋼琴必修課只感到種種磨難，不久便發現整個學業就像一座無法攀登的山，難以征服。雖然沒有考慮放棄，但卻感到失望與不安。我體認到自己過去太不自量力，自以為是個天才，並且太低估藝術路上的艱辛與必須付出的心力。我的作曲樂趣盡失，即使小小的作業也覺得困難重重，規則如山難以應付。完全不再相信自己的感覺，不知道自己是否擁有一點能力。就這樣我變得既卑微又悲哀。就像在一間商辦工作或任何一所學校唸書一樣，只是勤勞，卻沒有完成交辦任務與功課的喜悅之情。我不可以抱怨，尤其是在家書中，只能默默失望地繼續走完已踏上的旅程，打算至少成為一名像樣的小提琴手。我練習再練習，忍受老師們刻薄的批評與嘲諷，同時看著其他一些我認為不怎麼樣的同學輕鬆過關，獲得讚賞，於是我不斷下修自己的目標，因為連拉小提琴也沒有技藝高超到足以自傲的程度。整體看來，我就算勤奮不懈地練習，最多也只能成為一個稱職的提琴手，默默無聞地在一個小樂團裡拉著小提琴謀生。

那段原本滿心期待、雄心壯志的日子，就這麼成了我一生中唯一一段被音樂遺棄的鬱悶時期，一段完全沒有樂聲與節奏相伴的生活。無論企圖從何處尋求享樂、讚揚、光耀與優美，得到的都只是要求、規矩、義務、困難與災難。即便腦海中閃現什麼音樂旋律，如果不是陳腔濫調，就是明顯與藝術規則相抵觸，沒什麼價值可言。於是我收藏起所有想法與希望。我就像那許多憑藉年輕狂妄而走上藝術之路的人一樣，到了真要展現真本事時，卻是毫無能力可言。

這樣的狀況持續了約三年的時間。轉眼我已年過二十，顯然錯選了職業志向，只是基於羞愧與責任感繼續走著已開始的路。我不再知道什麼是音樂，只知道運指練習、困難的功課、矛盾的和聲樂理，以及令人喘不過氣的鋼琴課。那位愛冷嘲熱諷的鋼琴老師認為我所有的努力都只是在浪費時間。

若非從前的雄心壯志還偷偷地在作祟，那些年我其實是可以過得不錯的。不僅擁有自由和朋友，而且是個長得帥氣又意氣風發的青年，再加上家境不錯，我享受著當下片刻，與女孩們打情罵俏，飲酒作樂，到各地遊蕩玩耍，日子過得逍遙自在。然而這樣的生活卻無法撫慰心靈，讓我暫時拋開責任，享受年輕歲月的樂趣，殊不知一個不留神，渴念的心依舊偷偷期盼登上那個已經殞落的藝術家之星。我無法讓自己麻木，以忘卻失望；只有一次，我真的辦到了！

那是我懵懂的年輕歲月中最愚蠢的一天。那時我正在追求著名聲樂老師賀先生的一位女學生。她的情況似乎和我類似，同樣滿懷希望來到這裡，卻遇到了嚴師，並且在學習上適應不良，最後甚至懷疑自己的嗓子壞了。她不再求上進，只和我們這群男同學打情罵俏。繽紛豔麗的她不費吹灰之力就能讓我們每個人感覺飄飄欲仙。她的美豔有如曇花一現，稍縱即逝。

每次見到這位美麗的莉蒂，我都會被她那純真無邪的嬌態所迷惑。我從未長時間惦記著她，相反地，我經常完全忘記她的存在，可是每次見到她，愛戀的感覺就會再次吞沒我。她對我就像和其他人一樣玩在一起，挑逗我們的情緒，享受自己散發的魅力，但也不過是為了滿足正值荳蔻年華的自己對感官慾望的好奇心而已。她很美，不過僅展現在說話與舉手投足之間，展現在她以溫暖而低沉的聲音大笑時，以及在她跳著舞或者為她的愛慕者的嫉妒所取悅時。每回從有她在場的聚會回到家，我都會自我揶揄：像自己這樣的人是不可能認真愛上這位受歡迎、善於調情的生活藝術家的。然而，偶爾她的一個手勢或者輕聲一句甜言蜜語，又會重燃起我炙熱的愛戀心緒，讓我瘋了似地在她家附近徘徊個大半夜之久。

那時我處於一段雖然為期不長，但肆無忌憚、半出於被迫的荒唐時期。在經過挫折與鬱悶的沉默階段後，年輕氣盛的我需要激烈狂野的行動來平衡，所以和幾個情況相仿的同學四處找樂子、胡搞瞎鬧。我們被視為一群愛尋歡作樂、頑皮與放蕩不羈的危險份子，不過那不是真實的我。在莉蒂和她那幾個姊妹淘眼中，我們雖然不大正經，但卻很有令人喜愛的英雄氣概。當時那些行為到底有多少是真正出於年輕妄為，有多少是基於刻意的自我麻醉，我現在已經無法區分，因為我早已過了那個性情不定的青春期。那時若有什麼做得太過火，我也已經付出代價。一個沒課的冬天午後，我們一群人，包含莉蒂和她的三位女性朋友，共約八或十人，一起結伴出城。我們帶了那時仍屬於兒童娛樂的平底雪橇，在城市近郊的山坡地尋找適合滑雪橇的街道和草原。我仍清晰記得當天的情形：天氣稍有寒意，太陽偶爾會短暫露個臉，陣陣冷風吹來白雪清新的氣味。穿戴色彩鮮豔衣裳和圍巾的女孩子們，在雪白背景的襯托下，看起來漂亮極了。冷風令人陶醉，在這新鮮空氣中快意地活動筋骨，頗為愜意。我們這群人個個都興奮極了，戲謔綽號的稱呼聲此起彼落，還不時相互捉弄惡作劇，接著丟起雪球、打起雪仗，直到每個人都變得熱呼呼，而且全身覆滿白雪，得停下來好好喘口氣後，才能再展開另一波攻勢。我們還堆了一座很大的白雪堡壘，一會兒進攻，一會兒防守，不時還在四處的草坡上滑雪橇。

中午時，因為激烈的嘻笑打鬧，我們每個人都飢腸轆轆，於是在一個小村莊找了一家好飯館坐下來，烤的煮的點了一堆，準備大吃一頓，同時還霸占了店家的鋼琴，在那兒又唱又叫，另外還點了葡萄酒和溫熱的甜蘭姆酒。午餐上桌後，便盡情地吃了起來，酒更是一杯杯下肚。餐後女孩子喝咖啡，我們男孩子則喝了甜燒酒。一群人在小包廂裡喧譁狂歡，最後個個都頭昏腦脹。我一直都待在莉蒂身邊，那天她心情不錯，對我特別青睞。在那充滿歡笑與醉意的氣氛下，她顯得格外迷人，美麗雙眸閃閃發亮，任憑我有些大膽又顯羞澀的親熱舉動。後來我們玩起贖東西的遊戲。放在鋼琴上的抵押品必須藉由模仿我們其中一位老師贖回，不過有時也可用親吻贖回，這親吻的次數和技術可都受到大夥兒仔細的關注呢。

當我們酒酣耳熱、眾聲喧譁地離開飯館回家時，雖然才午後不久，但天色已經開始暗了。如野孩子般，我們又在雪地裡嬉鬧了一番，然後在蒼然暮色下緩緩往回城的方向前進。我一直走在莉蒂身邊，儼然扮起護花使者，而她也沒有拒絕。我用雪橇載了她好一段路程，並且極力保護她不受其他人一再丟來的雪球攻擊。最後多數朋友都饒了我們，每個女孩也都找到了同伴，只有兩個落單的男孩還不放過我們，在一旁不斷搗蛋挑釁。我從未像當時那樣情緒激昂，整個人沉浸在談戀愛的甜蜜感覺裡。莉蒂挽著我的手，任憑我邊走邊悄悄將她拉近身邊。漫步在黃昏裡，她時而談笑風生，時而沉默不語，我覺得她在我身邊顯得幸福洋溢。我抑制不住心中熱切的渴望，決定好好把握這次機會，至少盡可能留住眼前這愜意的親密狀態。當我們快到市區時，我提議再繞個彎，轉進一條景色宜人的山路，大夥兒都同意了。這條山路陡峭地蜿蜒在山谷上，形成半圓形，沿途有多處遠眺河谷和城市的地方，城裡儼然已經萬家燈火，萬道紅光在谷底閃閃發光。

莉蒂仍舊挽著我的手，聽我興高采烈、滔滔不絕、談笑風生，她不時跟著大笑，似乎也很興奮。不過當我稍微使力將她拉近，想吻她時，她卻放開手，閃避到一旁。

「你看，」她透了口氣喊道：「我們一定要從那片草原滑下去！還是你會怕？英雄！」

我往下看，吃了一驚，因為那個坡地著實陡峭，要我貿然從那兒滑下去，的確令我毛骨悚然。

「不行，」我敷衍說道：「天已經太黑了。」

她隨即又是嘲諷，又是責難，說我是個膽小鬼，然後說如果我不敢，她就自己滑下去。

「當然啦，那肯定會翻車。」她大笑說道：「不過那正是滑雪橇最刺激有趣的地方啊！」

由於她如此刺激我，讓我靈機一動。

「莉蒂，」我輕聲說道：「如果我們翻車，妳可以往我身上抹白雪，不過如果我們沒事滑到下面，那我也要有所獎賞。」

她只大笑幾聲，就坐上雪橇去了。看著她那因為興致勃勃而發光發熱的雙眼，我一屁股坐到很前面，要她抓緊我後，就出發了。我可以感覺到她的雙手交叉緊抱著我的胸口。我想跟她說話，但卻說不出話來了。那坡地陡峭得讓我覺得好像被拋到空中似的。我突然很擔心莉蒂的安危，便急忙試著以腳跟觸地，想停下來或者乾脆翻車，但為時已晚。雪橇不聽使喚直衝下山，因衝擊揚起的雪塵打在我的臉上，我只感覺冷冽刺痛，接著聽到莉蒂驚嚇的尖叫，然後就什麼也聽不見了。我的頭像被鐵鎚般的物體重重一擊，身體的某處一陣劇痛。我最後的知覺就是冷。

這趟逞一時之快的雪橇滑行，讓我為年少輕狂的愚行付出了代價。在那之後，連同其他許多事情的改變，我對莉蒂的愛戀也一併煙消雲散。

失去意識的我全然不知意外發生後的騷動與驚恐，其他人則經歷了一段難受的時刻。他們聽見莉蒂的驚叫聲，原本還在上面朝下方黑暗處大聲嘲笑，後來終於意識到發生了意外，便費勁趕下山察看，花了好一會兒功夫，才從縱歡高亢的情緒和茫然醉意中冷靜清醒過來。莉蒂臉色蒼白，呈現半昏迷狀態，所幸沒什麼大礙，只是手套破了，白嫩的雙手有點擦傷流血。他們以為我死了，將我抬下山。我後來試著找尋那棵撞壞我的雪橇和撞斷我的骨頭的蘋果樹或者梨子樹，不過沒有找到。

大家以為我受到嚴重的腦震盪，不過實際上沒很嚴重。我的頭和腦部雖然受到撞擊，也在醫院昏迷了很久才甦醒過來，不過傷勢後來復原了，大腦也在休養後恢復正常，但是多重骨折的左腿再也無法治癒了。從此我成了一個瘸子，只能跛行，無法再大步行走，更別說跑步或者跳舞了。我的年輕歲月就這樣驟轉入一條通往安靜前景的道路。即使充滿自卑與不情願，我還是繼續走下去。我現在有時甚至覺得自己好像不願意生命中缺少那段黃昏的滑雪之行以及它造成的後果。

不過會有這樣的想法和瘸腿沒有多大關連，多半是基於那場意外所帶來的其他較友善、令人愉快的後續發展。無論是伴隨著驚嚇與看見黑暗的意外本身或者是長時間的臥床，經過幾個月的沉澱與思考，那段療養期對我來說有很大的益處。

躺在床上療傷的第一個星期的情況，我已完全忘記，因為那段時間我都處於昏迷狀態。即使甦醒後也還很虛弱，對周遭人事物一概漠然。我母親趕到醫院來，每天在床邊無微不至地照顧我。每當我看著她，和她聊上幾句，她都顯得很和藹，心情看起來不錯。雖然我事後得知她當時其實很擔心，倒不是擔心我的生命，而是憂心我的智力是否無恙。我們在明亮安靜的病房裡，偶爾會聊天聊很久。在那之前，我們的關係並不很親近，我一向都是和父親比較親。那時她因為憐憫，我則基於感激，彼此態度都軟化而取得相互的諒解。然而由於我們有太長一段時間習慣了等待對方先伸出友善的手，習慣了隨意冷落彼此，以致於一時間無法將甦醒的親切熱誠化為言語表達。我們彼此滿足地相望，不提那些往事。她再次成為我的母親，因為我生病，讓她又能照顧我；而我又像個小男孩般看著她，暫時忘卻其他的一切。然而我們的關係後來又回到從前，並且避免多談我臥床療傷的那段日子，因為我們彼此都會覺得尷尬。

我慢慢開始清楚自己的狀況。由於發燒已退，而且看起來很鎮定，醫生便不再隱瞞實情，告知我將永遠帶著一個回憶那場意外的紀念品。我意識到尚未真正感受的青春歲月已戛然中止，自己還有接下來約四個月的臥床期間，得以接受這個悲哀的事實。

我急切地在腦海裡整理自己的處境，試著想像未來的狀況，但都沒有結果。我還不能過度用腦，總是不久便感到疲倦，而陷入昏睡，這是大自然讓我免於恐懼與絕望的方法，藉以迫使我休養生息。不過這場災難還是時而折磨著我，讓我輾轉難眠，無以找到些許的慰藉。

有個夜裡，我在微睡了幾個小時後醒來，感覺自己似乎夢到了什麼美好的事物。我試著回想，卻什麼也想不起來。不過心情很奇妙，覺得很舒暢，好像所有的不愉快都已離我而去。我躺在床上沉思，感覺一股恢復元氣的輕流與獲得解脫的輕鬆感圍繞著自己。此時一段旋律幾近無聲無息地來到我的脣邊，我持續哼著那旋律，停不下來。已經陌生許久的音樂，又不期然地像一顆突然閃現的星星般望著我。我的心跟著節奏跳動，整個人像花朵般綻放開來，呼吸著清新、純潔的氣息。這一切並未清晰地來到我的意識中，只是靜靜地在我周圍響起，彷彿從遠方輕輕傳來的合唱樂聲。

滿懷這份內心的清新感覺，我又再度入睡。隔天清晨醒來，我感到很愉快，已經很久沒有那樣無憂無慮了。母親察覺到我的改變，問我是什麼事讓我這麼快樂。我想了一會兒後，告訴她我已經很久沒有想到小提琴，如今再度想起，很期待再拉拉小提琴。

「不過你現在還不能拉小提琴。」母親有些擔心地說道。

「那無所謂。就算再也不能拉了，也沒關係。」

母親不懂我的意思，我也無法解釋給她聽。不過她知道我的情況好轉，而這沒來由的愉悅心情背後沒有什麼壞兆頭。隔了幾天，她又小心翼翼地提起這件事。

「嗯……關於音樂的事，你現在打算怎麼辦？我們之前幾乎認定音樂帶給你的只有痛苦，你爸爸和你的老師們談過了。我們並不想說服你，尤其是現在──不過我們覺得，如果你先前只是一時迷惑，現在寧願放棄的話，那麼就放棄吧，不要為了賭氣或者覺得慚愧而杵在那裡。你覺得呢？」

聽到這，我又想起了這段期間的疏離感與失望落寞。我嘗試將心境轉變的情形告訴母親，她似乎能理解。我告訴她，自己現在對於一切都又更確定了，總之我不想當逃兵，還是要先完成學業。這件事就暫時這樣決定了。母親無法看見的地方，埋藏在我內心深處的，盡是音樂。現在不管拉小提琴是否會成氣候，我又聽見世界彷彿一件美好的藝術品般響起樂音，我知道，除了音樂外，沒有其他能夠治癒我的處方了。如果我的情況不允許繼續拉小提琴，那麼我也只能放棄。或許我必須尋找其他職業，例如從商。不過這一切都不重要，無論是從商，或者從事其他工作，我對音樂的感受不會減少，依然會生活在音樂裡，呼吸音樂的滋潤。我要再開始作曲！我歡欣期待的，並非先前告訴母親的拉小提琴，而是作曲，我的雙手渴望從事的是創作。我時而如同往日處於最佳狀態的時候般，再次感受到清新氣息的波動與全神貫注的冷靜思考。同時也覺得一條跛腿和其他不幸，相較之下都顯得微不足道。

從那時開始，我就是個勝利者。不論我後來有多常希望自己是健康的，希望自己也能夠享受青春樂趣；不論我有多常痛苦，並惱羞成怒地憎恨、詛咒自己的殘廢，這些磨難痛苦從未難以承受，因為總是有某種東西在撫慰著我，讓我精神奕奕、心情美好。

父親有時會來探望母親和我。後來我復原得差不多時，母親就和父親一起回家了。剛開始頭幾天，我覺得有些落寞，並且對於太少敞開胸懷和母親暢談，太少關心她的想法與煩惱，而感到很慚愧。幸好心中裝載滿滿的另一種感覺，沒讓這負面的思緒決堤，僅停留在內心的悸動情愁。

此時來了一位不速之客：莉蒂。我母親在時，她不敢露面。看到她時，我很訝異。一時間完全忘了不久前自己還跟她很親近，自己是如何為她癡狂。莉蒂難掩其尷尬之情，因為她自覺整個意外都因她而起，所以很害怕受到我母親的責難，也擔心被告上法庭。她慢慢地才瞭解到情況沒有那麼糟糕，基本上跟她一點關係也沒有，這才鬆了一口氣，不過卻帶有一絲失望。這女孩即使感到良心不安，但是她那想像力豐富的女性心思，卻隨著這整個撼動人心的意外而亢奮不已。交談中她使用了好幾次「悲慘的」字眼，讓我差一點忍不住大笑。她一點也沒想到我會這麼有精神，對於不幸的意外會看得這麼開。她原本打算請求我原諒，也許她認為，對愛慕著她的我而言，能有機會給予她諒解，無疑是獲得一個很大的賠罪和補償。她同時期待藉由感人的大和解場面，再次以勝利者之姿虜獲我的心。

這位傻女孩看到我這麼開朗，發現自己完全不被歸咎與責難，雖然大大鬆了一口氣，但是卻不怎麼開心。隨著不安的良心逐漸平靜，原先的擔憂逐漸消失，我看到她變得愈來愈沉默與冷淡。我不怎麼在乎她在整個事件中的牽涉程度，甚至似乎完全將她忘記，並且一開始就抹殺了她上演懇求原諒的感人戲碼的機會，事後看來這些對她而言真是莫大的侮辱。最糟糕的是，我雖然極度客氣地對待她，但是她顯然注意到我已經完全不再迷戀她了。就算我斷臂斷腿，我終究是她的愛慕者，一個她從沒愛過、青睞過的愛慕者，假使我愈為情所困，愈愁悶，她的虛榮心就會愈得到滿足。結果現在她發現一切都不一樣。我看到她漂亮的臉蛋上原本滿懷同情心的探病者神情和熱力逐漸消逝和冷卻。最後說了幾句道別的客套話，她就離開了。臨去前，雖一再保證會再來訪，但從此就沒再出現過了。

看到昔日的迷戀變得這麼無意義與可笑，即使深覺羞赧與自卑，莉蒂的探訪讓我感到舒暢。我很訝異自己第一次沒有帶著熱情與迷眩的眼鏡看著愛慕的漂亮女孩，第一次意識到自己一點也不認識她。如果有人拿我三歲時曾抱過、愛過的娃娃給我看，那種疏離感與喜愛感的改變不會再令我訝異，因為看到一個幾個星期前還熱切渴慕的女孩，如今全然像個陌生人站在我面前，令我吃驚的程度更大。

當初在那個冬天的星期日一起去郊遊的同學中，有兩位也曾經來探過幾次病，不過我們彼此都找不到什麼話題可聊。當我的傷勢好轉，並且請他們不要再帶禮物來時，我注意到他們著實鬆了一口氣。我們日後也沒有再見過面了。說來奇怪，也令人感傷，我生命中屬於青春歲月的一切似乎都背棄了我，都變得陌生，進而消逝殆盡。我突然發覺自己那些年是過得那麼虛假與悲哀，愛情、友情、習慣和歡樂都像破舊的衣服般丟棄了也不覺得痛，不禁令人訝異我這些年是如何能夠忍受他們，或者他們怎麼能容得下我。

另一位我想都沒想到的意外訪客的來訪情形則不一樣。有一天我那位嚴格且愛挖苦人的鋼琴老師來看我，他雙手帶著手套，一手拄著拐杖，用他慣有的、幾近刻薄的粗野聲調，戲稱那趟不幸的雪橇滑行是「為女人駕馬車之行」。從他說話的口吻聽來，似乎認為我根本活該受罪，不過即便如此，他的來訪還是一件很奇妙的事。雖然語氣沒變，他顯然不是懷著惡意來的，而是要告訴我，儘管我很遲鈍，卻是個還可以的學生。他的同事小提琴老師也這樣認為，所以他們希望我早日康復，再回校帶給他們歡樂。這番話像是為以前粗暴的對待而道歉，雖然仍是一如往昔的尖刻語氣，在我聽來卻像愛的告白。我伸出手，向這位不受喜愛的老師表示感激。為了展現對他的信任，我嘗試讓他明白自己過去那些年的心境變化，以及過去那個對音樂悸動的心如何再度燃起。

這位教授搖搖頭，嘲諷地說：「啊哈，您想成為作曲家？」

「可能的話，」我悶悶地說道。

「那麼，我祝您幸運。我還以為您現在或許會重新勤奮地練琴，不過，當然啦，當作曲家就不必練琴了。」

「喔，我不是這個意思。」

「那麼是什麼意思呢？您知道嗎？學音樂的學生如果懶惰，不喜歡練習，就總是以作曲為志向。作曲每個人都會，畢竟每個人都是天才嘛！」

「我真的不是這個意思。那我是該成為鋼琴家嗎？」

「不，親愛的先生，這您是辦不到的！不過好好認真地學習小提琴，是您還辦得到的。」

「嗯，這也是我要做的。」

「但願您是認真的。我不再打擾您了。祝您早日康復，再見！」

他話一說完，就留下詫異的我走了。我原先還沒多想回學校的事情，現在著實害怕起來，擔心學習之路又將困難重重而再度走調，最後一切又變得跟先前一樣。不過這種想法沒有持續很久，情況也顯示脾氣乖僻的教授的來訪是出自善意，誠心為我好的。

康復後原本該先去度個假休養，不過我選擇等放長假時再去，寧願即刻歸位。當時我第一次領略到休息，尤其是非自願性的休息會帶來如何令人訝異的成效。我懷著忐忑不安的心開始上課與練習，但是一切都進行得比過去好。雖然那時我也清楚地認清自己永遠不會成為小提琴名家，但是這個體認對於當時處境下的我來說，倒沒有造成內心的痛苦。再說，一切都進行得很順利，尤其是原本陰森的音樂理論叢林，經過這段長期休息，完全明朗起來，變成了一座可以親近的花園。我感覺到自己狀況良好時的一些靈感與創作，不再背離所有規則與原理；在學習者必須遵循的嚴格規範下，仍有一條雖然狹窄，但是明顯可見的途徑，得以通往自由發揮的境地。誠然，有些時候，有些日子，一切就像有刺的圍籬擋在前面，我仍會苦惱自己受過傷的頭腦無法釐清矛盾、填滿空白，不過我已不再絕望，狹窄的路已經變得清晰可行，出現在我眼前。

在學期結束與假期開始前，我的樂理老師出乎我意料之外地對我說道：「您是今年唯一一位似乎真的對音樂有些概念的學生。如果您有作了什麼曲子，我很樂意看看。」

耳際縈繞著這令人欣慰的話語，我踏上旅程，返家度假。已經很久沒回家了，坐在回家的火車上，令人眷戀的故鄉再次浮現腦海，同時也再次喚起那幾乎被遺忘的童年記憶與少年時光。父親在家鄉的火車站接我，我們一起搭乘馬車回家。隔天一早我就迫不及待地穿梭在舊街道間，巡禮一番。當時我第一次為失去健康的春春歲月感到惆悵。我拄著拐杖，跛著腿穿梭在巷弄間，每個角落都喚起年少時的嬉戲情景與逝去的歡樂，那是件痛苦的事。我帶著沉重的心情回家，不論看到誰，聽見誰的聲音或者想到什麼，在在無情地讓我想起從前，提醒我現在的殘疾。另外同樣令我感到沮喪的是，母親雖然沒有明講，但是顯然比從前更不贊成我選擇的職業。她能想像一個雙腿修長的演奏名家或者挺拔體面的指揮家站在舞台上，但是一個資質普通又個性羞怯的半跛人士，要繼續走小提琴家之路，令她不解。她的想法得到她的一位女性老友，一位遠房親戚的支持。我父親曾一度不准這位遠親來我們家，所以她很氣恨父親，不過儘管如此，她還是經常趁我父親去辦事處工作時來找我母親。雖然從我少年時期開始，就幾乎沒和我交談過，但是她應該是不喜歡我的。她認為我的職業選擇令人遺憾，是墮落的徵兆，那場不幸的意外顯然是一種懲罰與老天爺的警告。

父親為了讓我高興，安排我在市立樂團的一個音樂會上獨奏，但是我自覺無法勝任而拒絕，整天獨自躲在兒時的小房間裡。尤其令我不勝其煩的是，得不斷面對詢問與不停被迫解釋說明，以致於我不再出家門一步。這樣的生活裡，我發現自己經常望向窗外，悲情地看著熙熙攘攘的街景與往來的學童，尤其格外羨慕渴望年輕女孩。

我心想，我怎麼可以奢望能夠再度向女孩示愛呢！我將永遠只能像在舞會上一樣站在一旁觀看，女孩們肯定無視於我的存在；即便有女孩向我伸出友善的手，也一定是出於同情！啊，我已經對於被同情憐憫感到厭煩噁心！

在這樣的情況下，我無法再繼續待在家裡。我的父母也同樣因為我敏感的憂鬱情形而難受，所以當我提出請求，想即刻出發去旅行時，他們幾乎都不反對；再者，那是父親先前就答應我，早已規劃好的旅程。我的殘疾在日後依舊令我苦惱，也摧毀了我的希望，不過對於自己異於常人的缺陷，我已經不再像先前那樣，當健康的青年和漂亮的女孩盯著我看時，如此激烈地感到傷痛和屈辱難受了。我慢慢地習慣了拐杖和跛行，直到幾乎不再感到困擾；同樣的，隨著歲月流逝，我也必須習慣不以哀怨悲情看待自己的缺陷，而以接受和幽默的態度與它共處。

幸好我還能獨自旅行，不需要特別的看護，否則隨行者將會令我感到厭惡，而且會擾亂我復原內心的平靜。當我坐在火車上，再也沒有人對我投以同情的眼光時，心裡已經覺得輕鬆多了。我日夜不停地趕車，有種逃亡的感覺。第二天晚上，我望向朦朧的窗外，注視著沿途高山，我深深地呼吸，感到輕鬆自在。隨著天色漸暗，我抵達了終點站。拖著疲累的身軀，帶著興奮的心情，我穿梭在格勞賓登邦（Graubünden）[1]

1 Graubünden 是瑞士東南部的一個邦名。

的一個小城的巷弄間，投宿於第一間看到的旅店，喝了杯紅酒後，足足睡了十個小時，將旅途的疲憊和心中絕大部分的困頓全部甩開了。

隔天一早我搭乘登山小火車，沿著流水潺潺的小溪，奔馳在狹窄的河谷間，向高山駛去，然後在一個偏僻的小火車站換車，中午時分我到達了瑞士地勢最高的一個小村莊。

直到秋風吹起，我都住在這個安靜而貧窮的村莊裡的唯一一間小旅館，我有時甚至是旅館唯一的住客。原本只打算在這兒短暫停留，待休養生息後，就繼續遍遊瑞士，看看世界的一角，見識些陌生的地方。不過高山上吹拂著冷冽清新的風，豪氣萬千的氣象讓我一直不想離開。在高高的山谷一側，冷杉成林，直逼山頂；另一側則是光禿禿的岩壁。我就在這裡悠閒度日，時而逗留於陽光普照的岩石間，時而徘徊於流水淙淙的溪畔，潺潺溪流的聲音在夜裡響徹整個村莊。最初幾天我享受著一個人的寧靜，猶如淬飲沁心良藥，沒有人多看我一眼，也沒有人對我投以好奇或同情的眼光，我就像高空的孤鳥，單獨自在地飛翔，不久就忘了痛苦與不健康的羨慕心態。雖然偶爾會遺憾自己無法走入深山，一探未知的山谷和阿爾卑斯山的真面貌，也會惋惜無法攀登險峻的山路，不過基本上我的心情是安逸舒服的。歷經過去幾個月的內心騷動，眼前的寧靜如城堡般環抱著我，我再度找回一度被擾亂了的內心平靜，同時學會即使無法欣然接受，也要臣服於身體的缺陷。

在那高山上的幾個星期，幾乎是我人生中最美好的一段時光。我呼吸著純淨清新的空氣，飲用著冰透沁涼的溪水，觀看陡峭的山坡上羊群在安靜的黑髮牧童看管下吃著草，偶爾聆聽山谷間狂風呼嘯，難得近距離地觀看雲霧飄渺。我仔細觀察岩縫間柔和小巧、卻色彩繽紛的花花世界，以及許多美麗的青苔地。天氣晴朗時，我喜歡去爬個把小時的山，直到越過山的另一頭，得以遙望遠山輪廓清晰可見的山峰上，在藍天輝映下閃爍著高潔銀白的積雪。沿途小徑有個地方被一條從一處細小湧泉流下的涓流所潤溼，我發現只要天氣晴朗，就會有上百隻藍色小蝴蝶駐足在那兒喝水，牠們幾乎不被我的腳步聲所擾；如果驚動了牠們，牠們就會振翅飛舞，在我身邊盤旋，一時如絲般輕柔、細微的嗡嗡聲充盈於耳。自從發現了這個地方，我都只在晴天時走這條路，每一次都會與這群藍蝴蝶相遇，進而每次都成了值得慶祝的節日。

然而若仔細回想，那段時間並非如記憶中那樣全都蔚藍晴空、陽光普照，全都充滿假日的歡樂氣氛。那段期間也曾陰雨綿綿，甚至也有嚴寒下雪的日子。而我的內心也曾經颳起狂風暴雨，也有心情惡劣的時候。

我是不習慣孤獨的，因此經過一開始的休養生息與享受了些寧靜安逸的日子之後，先前擺脫掉的痛苦有時又突然近距離地現身周遭，令我惶恐。某些寒冷的夜晚，我坐在小房間裡，膝上蓋著旅行用的毛毯，疲累而無法自拔地陷入愚蠢的思緒中。熱血青年所希冀渴望的一切，如狂歡熱舞、戀愛與探險、力與愛的勝利，全都位處彼岸，全都永遠離我而去，遙不可及了。甚至是那段叛逆浪蕩的日子，那段以滑雪摔傷收場、半勉強半甘願的輕狂時光，在回憶中也如失落樂園般美妙，其酒醉神迷的狂歡喧鬧聲，如今只剩微弱的餘音從遠方向我傳來。每當夜裡颳起狂風暴雨，吹得東倒西歪的冷杉林發出淒厲聲響，掩蓋了滔滔不絕、傾瀉而下的雨聲，抑或是在失眠的夏夜，從搖搖欲墜的屋頂傳來成千上萬莫名的聲音，我就熱切地編織起關於生命與熱戀狂潮的絕望夢境，一則出於憤怒，二則為了褻瀆上帝；其時，我覺得自己就像個可憐的詩人與幻想家，編織出來的美夢都只是薄薄的肥皂泡沫，而世間其他無數的人們，卻都充滿青春活力，喜悅歡愉地展開雙手，迎向人生所有的顛峰。

不過，猶如我覺得自己是透過一層薄紗遠眺群山的神聖壯麗，每天所接收的一切感官饗宴彷彿從那遙遠的地方傳來般，那時狂亂無盡的痛苦和我之間也經常像隔著一層紗一樣的漠然，不久即變得如此遙遠，以致於我能像傾聽外界大自然的聲音一樣，以不受傷的心感受白天的絢爛與夜晚的悲戚。我看見，並且感覺到自己就像雲霧飄渺的天空，又像充滿戰鬥的田野，不管是興致與享受或是痛苦與沉重，這兩種心緒都更加清晰明白地呈現，如同在夢中聆聽到的和諧與音序，沒有經過我的同意就向我接近，攫獲我的身軀，從我的靈魂中散漫開來。

第一次清楚地感受到這一切是在一個傍晚時分，我從山岩返回旅館的途中。當我思索著這謎樣情境的緣由時，我突然豁然開朗，明白了這箇中意涵。那是早年曾經經歷過的那些個陌生而出神入化的時刻再度降臨。伴隨著這記憶，那份令人心曠神怡的清亮感又出現了，那份近似玻璃般清脆神聖的透徹感覺，全然無遮掩地流露而出，沒有一絲傷痛或幸福之意，只是力道、聲響與潮湧撥動，心中激昂雀躍的情感悸動與衝擊都幻化成了篇篇樂章。

從那時起，在明亮晴朗的日子裡，我都懷著幸福美好與孕育新生的不安這雙重感受觀看太陽與森林，遠眺褐色岩崖與遠方銀白的群山；陰鬱晦暗的時刻，也是以雙重的熱烈情感去感受自己生病的心在那兒蔓延與對抗。我再也無法區分享受與痛苦，兩者都讓我感到傷痛，卻又同時覺得美好。在我內心既感覺舒適又感到傷痛之時，我的生命力靜靜地昇華於高處冷眼觀看，認清了明亮與黑暗就像姊妹般是一體的，痛苦與平和都是構成偉大音樂的節奏、力量與要素。

我無法將這樂曲寫下，因為我對它還覺得陌生，也不知道盡頭在哪兒。不過我能聽到它，能夠感受世界在我的內心是完美的，同時我也多少能夠掌握其中某些東西，是一些片段與一些回音。這被我縮短並改編的旋律成天在我的腦海裡迴盪，經過反覆汲取與咀嚼後，我認為能夠以兩把小提琴將它表達出來，於是就像雛鳥學飛一樣，天真地著手寫下我的第一首奏鳴曲。

有天早上我在房間裡以小提琴拉奏第一樂章時，雖然感覺到曲子還不足、不完整，也不穩定，但是每個節奏都震撼入心。我不知道這音樂好不好，不過我知道這是我自己的音樂，由我的內心體驗而生，不是以前從什麼地方聽來的。

旅館樓下的餐廳裡，老闆的父親長年坐在那兒一動也不動，髮色蒼白猶如冰雕。

年約八十餘歲的長者，從不發一語，只透過沉靜的雙眼仔細地觀看周遭事物。這位莊嚴肅穆的靜默者是否具有超人的智慧和沉靜的心靈，或著其實是痴呆了，一直是個謎。有天早上我手臂夾著小提琴，下樓去找這位老者，因為我注意到他總是很專注地聆聽我的演奏與每種音樂。我發現他一個人坐在那兒，便站到他面前，將小提琴調一下音後，即為他演奏起我的第一樂章。這位年邁的長者用他那眼白泛黃、眼眶泛紅的沉靜雙眼看著我，並且聆聽著。每當我想起那首樂曲，眼前也會浮現這位老者和他那一動也不動、毫無表情的臉孔，那沉靜的雙眼專注地凝視著我。我演奏完畢，對他點點頭，他狡黠地眨了眨眼，好像聽懂了一切。他那泛黃的眼睛回應了我的目光後，便轉身過去，微微低下頭，回復到原先的呆滯狀態。

在這高山上，秋天來得早。當我於某個清晨啟程離開時，外面濃霧密布，同時下著冷冽的細雨，不過我心中滿懷好天氣時感受到的陽光溫暖，同時帶著感激的回憶和心情愉悅的勇氣，踏上下一段旅程。

第三章

我在音樂學院的最後一個學期結識了歌唱家莫德。他在城裡享有一定程度的名氣。他四年前完成學業後即受聘於皇家歌劇院。目前雖然暫時還只能演出次要角色，站在其他受歡迎、較資深的同事中間也還不太能嶄露鋒芒，但是很多人都視他為明日之星，認為他將來一定會成名。我是從他在舞台上演出的一些角色認識他的，雖然不太確定他的藝術潛能，但一直對他有深刻的印象。

我們的相識是這樣開始的：我返回音樂學院後，便將我寫的小提琴奏鳴曲和兩首歌曲拿給那位曾對我表示關注的教授看。他答應會仔細看我的作品，並告訴我他的看法。不過直到他看了我的作品，中間經過一段很長的時間。那期間每次與他不期而遇，我都可以覺察到他有些尷尬。終於有一天他叫我去找他，並將我的曲子還我。

「這是您的作品。」他有些拘謹地說道：「但願您沒有抱太大的期望！這些作品無疑有些不錯的地方，而您未來或許也能夠有些成就。不過老實說，我還以為您應該是比較成熟沉穩的，沒想到您的天性裡會有這麼多的熱情奔放。我原本期待比較寧靜、賞心悅耳的作品，在技巧上更穩定、更能受到評議的作品，但是您的作品在技巧上是失敗的，所以我無法針對這點說些什麼。那是個我無法評論的大膽嘗試，但身為您的老師，我不想稱讚。比起我所期待的，您的作品有過與不及之處，因此讓我陷入尷尬的窘境。我是個拘謹的教授，無法忽略曲風上的缺失。至於這缺失是否能因為它的獨創性而加以抵銷平衡，我還不能論斷，我要再看看您未來的作品，並祝您好運。據我的觀察，您一定會再繼續作曲的。」

聽完這話離開時，我不知道該如何理解這不算是回覆的回覆。我覺得人們應該，也必須輕易看出一個作品是否是出於消遣、純粹為打發時間而作，或者是基於渴望、發自內心的創作。我將曲子擱置一旁，決定先忘記這一切，好在這最後幾個月的學習生涯好好努力用功。

有一天我受邀到一個經常舉行音樂聚會的家庭，那是我父母的朋友家，我一年大概會去拜訪個一兩次。那是個一般的聚會，不同的是席間有一些歌劇院的知名人物，都是我看過認識的。歌唱家莫德也在場，他是所有人中最引起我興趣的，我第一次這麼近距離的看到他。他英俊挺拔，具有黝黑的膚色，是一個令人印象深刻的男子，自信的風采中帶有些許嬌寵的神態，看得出來他很受女士們的喜愛。不過除了一些手勢表情，他看起來既非傲慢，也非輕鬆愉快，眉宇間流露出的是更多的尋覓與不滿足。我被介紹與他認識時，他只簡短地說了些場面話，並沒有和我交談。不過，過了一段時間後，他突然向我走來，並說道：「您是不是叫庫恩？——那麼我倒有點知道您。S教授曾將您的作品拿給我看。您別怪他，他不是個輕率的人。是我正好去他那兒，碰巧看到這首歌曲，便在他的允許之下，拿來看了一下。」

我感到訝異，也覺得難為情。「您為什麼會提起這件事呢？」我問道：「我覺得教授並不喜歡那首歌。」

「您因此覺得難過嗎？嗯，我很喜歡那首歌。如果有伴奏，我可以唱它。我想請您為我伴奏。」

「您喜歡那首歌？那——那首歌真的能唱嗎？」

「可以的，不過不是在每個音樂會上。我希望能夠在我的私人家庭聚會上演唱那首歌。」

「我可以抄寫一份給您。不過您為什麼想唱那首歌呢？」

「因為它引起我的興趣，那是真正的音樂，那首歌，您自己應該知道呀！」

他凝視著我。他盯著人看的方式令我覺得難受。他直直地盯著我的臉看，一點也不遮掩地打量著我，眼神裡充滿了好奇的目光。

「您比我想像的還年輕。您應該經歷過許多痛苦吧。」

「是的，」我回答：「不過這我不能多說。」

「您也不用說什麼，我沒有要探詢您的隱私。」

他的目光令我不知所措。雖然我不喜歡他問話的方式，但是他算是個名人，而我只是個學生，以致於我只能軟弱和膽怯地回應以保護自己。他不高傲，但某種程度卻傷害了我的自尊，不過因為我的心裡也沒有真的產生什麼厭惡感，所以對他也無法有太強的反擊。我有種感覺，覺得他並不快樂，所以不自主地咄咄逼人，好像想從別人身上掠奪些能夠安慰自己的東西。他那雙刺探的黑眼睛流露出狂妄與哀傷，他的面容看起來比他的年齡大多了。

在我思索他的攀談時，我看到他隨即變得彬彬有禮，風趣地和這家主人的一位千金聊天，這位小姐陶醉地傾聽他的話語，猶如觀看美麗大海般注視著他。

自從那場不幸的意外後，我都是一個人獨自過日子，因此這份邂逅在我的腦海裡盤旋了數日，令我不得安寧。因為不夠自信，無法不害怕面對這位優越人士；但是又因為太過寂寞，渴望靠近人，而無法不因他的接近而感到光榮。就在我最終認為他肯定忘了我、忘了他那個晚上一時興起的念頭時，他卻令我不知所措地出現在我的住處。

那是個十二月的傍晚時分，天色已暗。這位歌唱家敲了門後，便走進屋裡，彷彿他的造訪沒什麼奇怪的地方。然後沒有任何開場白或者禮貌性的寒暄，隨即切入主題。他要我將那首歌拿給他，看到我房間裡那台租來的鋼琴，便要立刻演唱那首歌。於是我得坐下來為他伴奏。那是我第一次聽到自己的歌被真正地吟唱出來。歌曲聽來很憂傷，令我無以抗拒，深受感動，因為他不像歌唱家那般演唱，而是像唱給自己聽一樣的輕聲吟唱。歌詞是我前一年在一份雜誌上看到，並抄寫下來的：

每當焚風吹起
高山雪崩滾滾而下
伴隨著慘絕人寰的隆隆聲響
那是上帝的旨意嗎？

沒有寒暄，我必須
在芸芸眾生之土
陌生地漫遊著
那是上帝的安排嗎？

祂是否看到我
載浮載沉於內心折磨與痛苦中？
啊～上帝已死！
而我卻該繼續活著？

從他的演唱中，我瞭解到他很喜歡這首歌。

我們沉默了一會兒，之後我問他是否有任何修正的建議。

莫德深邃的目光凝視著我，同時搖了搖頭說道：

「沒什麼需要修改的。我不知道曲子的結構好不好，這方面我一點也不懂。歌曲裡唱出的是真實的經歷與內心的感受。因為我本身不寫詩，也不作曲，因此每當我發現彷彿道出自己心聲的歌曲，而我能夠親自吟唱，就很高興。」

「不過歌詞不是我寫的。」我插了個話。

「不是嗎？不過都一樣，歌詞是其次，不重要。您肯定親身經歷過，否則您不會為它譜曲。」

我將前幾天就準備好的歌曲副本拿給他。他接過去後，便將之捲起，塞進大衣口袋裡。

「如果您願意，也到我那兒坐坐吧。」他伸手與我道別，並且說道：「您離群索居，我並不想干擾，不過偶爾和正派的人見個面應該不錯。」

莫德離去後，他最後的話語和微笑仍在我的腦海中迴盪，與他剛剛唱的歌曲交織融合，同時和我截至目前為止對他的認識相互輝映。我在腦海中對這一切審視得越久，一切就越加清晰，最後我終於瞭解這個人了。我瞭解了他為什麼會來找我，為什麼會喜歡我的歌，為什麼會這樣幾近魯莽地闖進我家，為什麼會顯得既羞怯又無禮。他受著苦，內心承受著沉重的痛苦，他寂寞得就像餓得疲弱不堪的豺狼一樣。這位受苦的人嘗試以傲氣與孤獨對抗寂寞的心，卻無法承受。他靜靜地等待著人群，等待著一個友善的眼神與一絲的理解，並且隨時準備好為此縱身而入。我當時是這樣想的。

我對海因利希·莫德的感覺並不完全清楚。我感受到他的需求與痛苦，但是也對他感到害怕，他就像一個自負而殘忍的人，可能會將我消磨殆盡後丟棄。我還太年輕、太少與人接觸，以致於無法理解與接受他那幾近赤裸地獻身，他似乎不懂掩飾痛苦的羞慚。不過我也看到了一個光芒萬丈而內斂的人卻隻身孤影地承受著痛苦。我想起曾經聽說的關於莫德的流言，都是些學生間小心翼翼流傳的八卦消息，雖然沒有很具體明確，其中的繪聲繪影卻留在我的記憶裡，類似精采的風流韻事與驚險的事蹟。儘管已記不得細節，但印象中曾經出現過血腥場面，好像是他捲入了一樁謀殺或是自殺的事件當中。

我後來克服膽怯，向一位同學打聽了相關訊息，結果事情其實並沒有我想像的那麼嚴重。據說莫德曾經和一位出身很好的年輕女子交往，兩年前那位小姐自殺了，人們並沒有明確指陳莫德與這個事件有關，只敢捕風捉影地暗示。或許是和這麼一個獨特且令我稍感害怕的人的相遇，讓我的想像力在他身上營造了恐怖的氣息。無論如何，那段愛情一定給他留下了不好的回憶。

我沒有勇氣去找他。不過我無法漠視莫德是個正受著苦難、或許正陷入絕望的人，他正向我伸出手，寄望我的回應。有時我會覺得自己應該順應他的召喚，覺得如果沒這麼做，太不盡人情。然而我還是沒去，因為另一種感覺阻擋了我前往。莫德期望在我這裡得到的，我無法給他。我和他是完全不同的人。即使在某些方面我也是孤獨的，周遭的人也不太能理解我，即使我或許也與其他人有所不同，即使因為命運或者天生遺傳使我有別於大部分的人，但是我不想因此顯得特立獨行。莫德或許異於常人，但是我不是，我由衷希望不受矚目、不標新立異。對於莫德強烈鮮明的動作表情，我感到厭惡。他是一個屬於舞台上的人，喜愛冒險、刺激，我覺得或許因為如此，注定了他可預期的悲劇命運。相反地，我想要安靜的日子，不適合誇張聲勢，發表膽大言論，我是個註定要妥協的人。為了獲得內心平靜，我就這麼反反覆覆地忖度思量著。一個令我替他感到難過的人來敲我的門，我或許理當看重他，勝過看重自己，但是我想要平靜，不想讓他進入我的生活。我熱切地投入工作中，卻無法擺脫那糾纏不斷的想像：我的後面站著一個要抓住我的人。

既然我沒動靜，莫德便又自己動了起來。我收到一封他寄來的信，信中語氣堅定自信：

「親愛的先生！一如往年我邀請了幾位朋友一起慶生。我有這個榮幸邀請您大駕光臨嗎？若能藉此機會聆賞您的小提琴奏鳴曲，將會很棒。您覺得如何？您有人選可以和您一起演奏嗎？或者要我為您推薦一位？史蒂芬．克朗澤爾會很樂意接受這個任務。您若能賞光，將帶給我莫大的喜悅。

莫德」

這邀約完全出乎我的意料。在行家面前演奏還沒人聽過的曲子，而且是和克朗澤爾一起演奏！我感到不好意思，卻又感激地答應了，兩天後克朗澤爾便要我將曲譜寄給他。又過了幾天，他就約我去他家。這位受歡迎的小提琴家還很年輕，是位琴藝精湛的演奏者，身材纖瘦，臉色有些蒼白。

「啊——」我進門後，他就說道：「您就是莫德的朋友。那麼我們就開始吧。如果我們專心，練習個二、三次後，應該就沒問題了。」

他隨即拉了一張椅子給我，接著先拉了第二小提琴的幾個音，決定了速度後，便輕盈、細膩地拉弓演奏起來。在旁邊拉奏的我，相形之下，氣勢很弱。

「不要這麼含蓄！」他沒有中斷演奏而對我喊道。我們將整首曲子演奏了一次。

「您瞧，可以的！」他說道：「可惜您沒有比較好的小提琴，不過也沒關係。快板的部分我們再拉快一點，這樣聽起來才不會像喪禮進行曲。來，再一次！」

站在行家身邊演奏，我變得很有信心，毫無遲疑地拉奏自己的曲子。我那普通的提琴和他那把名琴和諧共鳴，渾然天成。我很訝異這位相貌雅致的男士竟是如此自然、率真。情緒高昂之際，我提起勇氣，遲疑地問了他對我的樂曲結構的評價。

「親愛的先生，這您得去問別人，我對這個不太瞭解。曲子是有點特別，不過人們就愛這獨特性。既然莫德喜歡這曲子，您就應該引以自豪，不是所有曲子他都願意唱的。」

他給了我一些演奏上的建議，並告訴我一些需要修正的地方。約定了隔天練習的時間後，我就離開了。

這位提琴家如此坦率誠懇令我感到心安。誠然，他是個已經很有成就的藝術家，而我是個看不到什麼未來的初生之犢，不過他若是莫德的朋友，那麼我在那兒應該不會有什麼問題。令我覺得遺憾的是，沒有人願意坦白地說出對我的作品的看法。相較於沒有什麼建設性的客套話，我寧願聽到嚴厲的批判。

那一陣子天氣真是冷，幾乎無法讓身子暖和起來。同學們都興致高昂地溜著冰。距離那次和莉蒂出遊已經一年了。那段期間對我來說並不好過。我很期待到莫德家的晚上的到來，不是因為希望那天能有什麼成就，而是因為我已經太久沒有看到朋友，沒有什麼歡樂了。一月十一日天亮前的夜裡，我被一個不尋常的聲響和一陣幾乎令人驚恐的暖風弄醒。我起身走到窗邊，訝異地發現外面已經不再寒冷了。南風乍然報到，強勁地吹起暖暖的溼氣。暴風在空中推送著厚重的雲層，雲間的隙縫閃耀著幾顆特別明亮的星星，屋頂上已有幾處融雪。當我清晨外出時，已不見任何白雪的蹤影。街道上的景象和人們臉上的神情都完全不一樣了，四處皆散發著早春的氣息。

那一天我四處溜達，身體彷若微醺時發熱，一部分是因為南風帶來的悶熱空氣，一部分是因為對於傍晚來臨的不安與期待。好幾次我拿起那首奏鳴曲，拉奏了幾小節後，又將它丟置一旁。我一下子覺得這曲子真的很美，感到很驕傲；一下子又覺得它不夠大器，零零落落而且不夠清晰明確。我幾乎無法承受那份擔憂與不安的情緒，以致於分不清楚自己到底是期待，還是害怕傍晚的來臨。

該來的還是來了。我穿上小禮服，手裡提著小提琴盒，往莫德家出發了。天色昏暗中，我終於在郊區一條陌生且人煙稀少的街道旁找到他家。那房子單獨坐落在一個看起來似乎久未整理、已然荒廢的大庭園裡。敞開的庭園門後一隻大狗突然撲向我，有人從一扇窗後吹口哨將牠叫回，牠便狺狺地跟著我走到進門處。一位眼神膽怯的小個子老婦在那兒迎接我，她接過我的大衣後，便引我穿過燈光明亮的走廊進入屋內。

小提琴家克朗澤爾家的裝潢很高尚，於是我以為富裕的莫德家應該也是金碧輝煌。結果入屋內一瞧，裡面的廳室雖然都大而寬敞，對一個不常在家的單身漢來說，真是太大了，不過除此之外，一切擺設都很簡樸，或者其實不是簡樸，而是隨意錯置而成，顯得凌亂。有些家具已經老舊，似乎是房子原有的配備，中間又隨便夾雜擺放了毫無選擇、任意購置的新東西。屋內唯一閃閃發亮的只有燈光照明。燈源不是來自煤氣燈，而是簡單美麗的錫製燭台上燃燒著許多白色蠟燭，主廳裡吊了一盞樸素的枝形吊燈，那環狀的黃銅燈具上插了許多蠟燭，這裡的主要陳設就是一台很漂亮的三角大鋼琴。

我被引進的廳室裡，站了幾位正在交談的男士。我放下我的小提琴盒，和他們打招呼。有幾個人點了點頭後，就又轉頭繼續先前的交談，丟下陌生的我拘謹地杵在那兒。也在場的克朗澤爾原先沒注意到，後來看到我，便向我走來，和我握手，並且將我介紹給他的朋友們：「這位是我們新來的小提琴家。您是否帶了您的小提琴？」然後他向隔壁的房間大喊：「喂，莫德，那位寫奏鳴曲的年輕人已經來了。」

這時海因利希．莫德走了進來，很親切地歡迎我，並且帶我走進那個放鋼琴的廳室。那裡看起來裝飾得很溫暖、隆重，一位穿著白色禮服的女子倒了一杯雪利酒給我，她是皇家劇院的演員。令我感到訝異的是，除了她之外，沒有半個主人的同事受邀，而她也是場中唯一的女性。

我很快喝了那杯酒，一半是基於尷尬，一半是因為之前在溼冷的夜間行走，不自覺希望藉酒讓身體暖和些。她又倒了杯酒給我，完全不理會我的婉拒：「喝吧！不會有什麼壞處的。我們要聽過音樂演奏後，才會有東西吃。您應該有帶小提琴來吧？還有奏鳴曲呢？」

我回答得吞吞吐吐，覺得很緊張，因為不知道她和莫德是什麼關係。她看起來像是這屋子的女主人，而且是位美女。我後來才知道我那朋友一向只和長得標致的美女交往。

所有的賓客都陸陸續續進到這個音樂廳來了。莫德架好譜架，待大家都就座後，我和克朗澤爾旋即開始演奏。演奏時，我腦子裡一片空白，感覺糟透了。偶爾才會閃電般地意識到，這就是我一直小心期待的夜晚，我和克朗澤爾此時此刻正在這裡為一群行家和品味高尚的音樂愛好者一起演奏著我的奏鳴曲。直到迴旋曲的部分，我才聽到克朗澤爾演奏得很棒，而我卻一直放不開，沒能完全融入樂曲中，腦子不斷想到別的事情上去，而且還突然想到我還沒向莫德祝賀生日快樂呢！

奏鳴曲演奏完畢，漂亮女士站起來和我與克朗澤爾握手致意，然後打開一扇門。隔壁較小的廳室裡已經準備了晚餐，桌子上擺放了鮮花和美酒。

「啊……終於！」有位男士叫道：「我快餓死了。」

那位女士回答道：「您真是個討厭的傢伙。您這麼說，作曲者會怎麼想？」

「哪個作曲者？他在現場嗎？」

她指了指我，說道：「他就坐在那兒。」

他看了我，笑了笑說：「您應該早點告訴我才是。話說回來，這首曲子真的不錯。只不過肚子餓的時候，就……」

於是我們開始吃晚餐。湯一喝完，白酒才剛斟上，克朗澤爾即舉杯敬酒，祝賀主人生日快樂。敬完酒，莫德馬上起身說道：「親愛的克朗澤爾，如果你以為我接下來要發表對你的感言，那你就猜錯了。我想，我們之間不需要再說什麼客套話了。我唯一必須要說的是，我很感謝我們這位年輕的朋友，作了這首我覺得很出色的奏鳴曲。或許我們的克朗澤爾有一天會很高興演奏他寫的作品，因為剛剛的演奏，顯示他真的很瞭解這首奏鳴曲。讓我們舉杯敬這位作曲家，為我們美好的友誼乾杯。」

大家歡笑著舉杯相碰，還跟我開開小玩笑。好酒助興下，我也完全沉浸在逐漸熱絡歡愉的用餐氣氛中。我很久不曾感到這樣輕鬆愉快了，實際上已經整整一年了。此刻歡笑聲與美酒、互相碰杯的聲響和交談的喧譁聲以及眼前這位快樂的美麗女士為我開啟了歡樂之門。我毫無拘束、輕鬆地融入這沒有負擔、興高采烈的熱絡交談中和充滿歡笑的氛圍裡。

大家很早就結束晚餐，回到先前的音樂廳裡。那兒已經四處擺好了酒和雪茄。一位很安靜的先生，席間很少發言，我也不知道他的姓名，此時走到我面前，稱讚那首我已經遺忘了的奏鳴曲。後來女演員過來和我交談，莫德也坐到我們身邊。我們再次為美好的友誼乾杯。突然他眨眨他那充滿笑意且深邃的眼睛，同時說道：「我已經知道您的故事了。」然後轉過頭去對那位女士說：「他有一次為了討一位漂亮女孩的歡心，在滑雪橇時摔斷了腿。」之後又對我說：「那是很美的事：在愛情尚未出現任何瑕疵，最美妙的時候，一個倒頭栽翻落山下。為此犧牲一條健康的腿是值得的。」

他笑著喝完杯裡的酒，旋即又貌似陷入沉思般問道：「您怎麼會想到要作曲？」

我從小時候如何開始對音樂產生興趣說起，告訴他關於前一年夏天和我遁隱山中的情形，以及那首歌和奏鳴曲的創作經過。

「這樣啊，」他慢慢說道：「那您現在為什麼又有興趣了呢？傷痛是無法藉由書寫擺脫的。」

「我也沒想要這麼做。除了懦弱和不自由外，我並不想擺脫什麼。我想體會痛苦與快樂是來自同一個源頭，是同一種力與樂的悸動與節奏。」

「天啊……」他激動地喊道：「您可是失去了一條腿哪！您真的能夠透過音樂忘記它嗎？」

「不能。何必這麼做呢？那是無法改變的事實了。」

「您不會因此感到絕望嗎？」

「我當然不會感到高興，這是肯定的。不過我希望我不會再因此感到絕望。」

「那麼您很幸福，雖然我不會願意為了這樣的幸福而喪失一條腿。所以這就是您音樂誕生的經過。妳瞧，瑪莉安，這就是書上一再提到的藝術的神奇。」

我生氣地對他喊道：「您不要這樣說！您自己也不是為了薪水而演唱的，而是因為從演唱中您得到了快樂與慰藉。您為什麼要這樣嘲諷我和您自己呢？我認為這樣很沒格調。」

「噓……別說了！」瑪莉安說道：「否則他要生氣了。」

莫德看著我，說道：「我不會生氣。他說得很對啊！不過失去一條腿應該沒有那麼嚴重，不然作曲是無法安慰您的。您是個樂天知命的人，無論發生什麼事，您都無所謂。不過我一點也不相信。」

他憤然站起。「而且那也不是真的。您可是作了那首雪崩之歌，那不是什麼慰藉和認命，而是絕望。您聽！」

他突然坐到鋼琴前，整個房間變得鴉雀無聲。他開始彈琴，亂彈一通後，略去前奏，即唱起那首歌。此時的演唱和他之前在我那兒的演唱很不一樣。看得出來他這段期間偶爾練唱了幾次。這次他放聲而唱，展現我所熟悉的舞台上的男中音氣勢。其歌聲的力量與濃烈的情感，令人忘了他歌聲中包含的那無法理解的怒氣。

「這就是這位先生所宣稱的，完全是為了興趣所寫的歌。他不知道什麼是絕望，對於自己的命運更是坦然接受！」他指著我叫道。因為羞愧與憤怒，我淚眼盈眶，眼前一切都變得波動模糊。為了結束並且離開，我站起身。

這時一隻纖細卻有力的手將我按回椅子上，同時輕柔地摸摸我的頭髮。細微的暖流在我內心波動，我閉上雙眼，強忍住眼淚。後來我抬起頭來，看到莫德就站在我的面前，而其他人似乎完全沒有注意到我的舉動和剛剛那一幕，依然喝著酒，彼此開懷地交談著。

「您真是個孩子！」莫德輕聲說道：「寫過這樣的歌曲之後，應該早就看開這一切了才是啊！不過我感到抱歉與難過，才剛剛遇到一個喜歡的人，都還沒正式交往，就和他吵架了。」

「沒事了。」我窘迫地說道：「不過我想回家了。今天最美好的時刻我們已經擁有了。」

「好吧，我不勉強您。我想，我們其他人還要再喝幾杯。您能好心順道送瑪莉安回家嗎？她就住在護城河內，您不用繞道。」

美麗的女士以探詢的眼光看了他一會兒，然後轉過來對我說：「是的，您願意嗎？」我站了起來，和她一同向莫德道別。前廳一位佣人幫我們穿上大衣後，那位小個子的老婦面帶倦容也出現了，她提著一盞大燈引我們穿過庭園走到大門口。外面依然輕風拂煦，吹送著大片的烏雲，在光禿禿的枝頭翻騰纏綿。

我不敢貿然將手臂給瑪莉安，不過她倒是自己就勾著我的手臂，仰頭深深吸了一口晚風的氣息，然後眼神帶著探詢又親密地往下看著我。我感覺到她輕柔的手似乎還一直在我的髮梢。她緩慢走著，看起來像要領著我走。

「那邊有馬車。」我說道，因為她得配合我的跛行，令我感到羞赧。再者一跛一跛地走在這位熱心、健康且苗條的女士旁邊讓我覺得痛苦。

「不要，」她應道：「我們再走一條街。」她費勁地慢慢走著。若是依循我內心的渴望，我會想將她再拉近我身邊一點，不過痛苦和怒氣使得我將她的手臂推開。她訝異地看著我時，我說道：「這樣不好走，我必須自己走，請您原諒。」她憂心而同情地走在我的身旁。我就是缺乏穩健的步伐和對身體的自信，否則我的所作所為會和實際表現出來的舉動與說出口的話語完全相反。我變得安靜、無禮，不得不如此，否則我又會淚眼盈眶，又會渴望感受她的手在我頭上撫摸著。我真想逃進下一條巷子裡，我不要她慢慢地走，不要她體諒、同情我。

「您生他的氣嗎？」她最後開了口。

「沒有。我剛剛很蠢，我根本就還不大認識他。」

「他這個樣子讓我為他感到難過。他有時候是會令人害怕的。」

「您也會？」

「我是最常的。他這樣傷害最深的不是別人，而是他自己。他有時候很恨自己。」

「唉，他讓自己變得很可笑。」

「您怎麼這麼說？」她訝異地叫道。

「他是個喜劇演員。他為什麼要嘲諷自己和別人？他為什麼要挖苦別人的經歷和祕密？毫無遮攔的壞嘴巴！」

先前的怒氣又在我的話中爆發開來，我準備好好責罵、貶低這個傷害我、卻又令我嫉妒的男人。我對這位女士的尊敬也降低了，因為她為他說話，在我面前毫不掩飾地站在他那邊。她接受自己是這個單身漢酒會的唯一女性，這個事實還不夠糟糕嗎？我不大習慣這些事情。因為對於自己即使如此仍渴慕這位女士感到羞愧，在這種高漲的情緒下，我寧可爭論，也不要再感受她的同情。對我來說，她最好覺得我很粗暴而離開，而不要留在我身邊，表現出和善的樣子。

然而她又將手勾住我的手臂。「別說了，」她溫和地喊道，即使在這樣的情況下，她的聲音仍深入我心。「您不要再說了！您這是在做什麼？莫德的兩句話傷害了您，因為您剛剛不夠機伶或者沒有勇氣反擊他，現在都已經離開現場了，卻在我面前用惡毒的話批評他！我看我應該離開，留您一個人在這。」

「請便。我只是說了我心裡的看法。」

「您別說謊了！您接受了他的邀請，在他那兒演奏。您看到他是多麼喜歡您的音樂，而您也感到很高興與受到鼓舞。而現在，因為您很生氣，因為您無法忍受他說的一句話，您就開始怒罵他。您不可以這樣。我願意因為那是酒的緣故原諒您。」

她似乎突然意識到我是真的這樣認為，而不是因為酒的關係，於是改變了語氣，沒有給我辯白的機會，我無從抗拒。

「您還不認識莫德，」她繼續說下去：「您沒聽過他演唱嗎？他就是這樣，粗暴殘忍，不過都是對自己。他是一個可憐、又滿是熱血沸騰的人，有十足的衝勁，卻沒有目標。他隨時都想吞沒全世界，但是他所擁有的和所作為的，總只是一點點。他喝酒，但從不喝醉；他擁有女人，卻從不幸福；他歌唱得這麼好，卻不要當藝術家。他喜歡一個人，卻傷害自己。他表現得好像蔑視所有感到自足的人，其實是怨恨自己，因為他無法感到滿意。這就是他。而對您，他表達了他所能夠展現的友誼。」

我執拗地沉默不語。

「或許您不需要他，」她又繼續說道：「您還有其他朋友。不過如果看到某個人正受著苦，且因痛苦而放肆妄為，我們應該憐憫他、原諒他。」

我心裡回應著：是啊，是該這麼做。夜晚的行走慢慢使我冷靜下來，雖然自己的傷口仍在淌血，還需要醫治，但是我漸漸不得不思考瑪莉安說的話，反省自己當晚愚蠢的行徑，發現自己猶如可憐的喪家之犬，在心裡默默地賠不是。酒精帶來的勇氣退去，一陣不舒服的悸動湧上心頭，我奮力抗拒著這樣的內心波動，沒有再對美麗的女士多說什麼。此刻內心也激動蕩漾的她情緒不定地走在我的身邊，穿梭在昏暗的街道中。黑暗死寂的街頭上，潮溼的大地偶或輝映著一盞燈火。我想到我的小提琴遺忘在莫德家，隨著時間過去，我已清醒過來，對於發生過的一切感到驚訝。許多事在這個夜晚都變得不一樣了。這位海因利希．莫德和那小提琴家克朗澤爾，還有在舞台上飾演皇后的美麗的瑪莉安，他們都從他們的基座上走下來，他們威嚴崇高的圓桌旁坐的不是眾神和聖者，而是可憐的人們：一個矮小滑稽，另一個悶悶不樂又傲慢；莫德可悲而熱切地陷入愚蠢的自我折磨，高貴的女士則以情人的身分卑微可憐地待在一個沒有興奮之情可言、卻衝勁十足的享樂者身邊，她表現得安靜、親切，深知他的痛苦。我覺得自己似乎也改變了，不再是個天真單純的人，而是和所有人一樣，我在每個人身上看到友情，也看到敵意，那方無法愛，這方無法討厭，我為自己不善解人意感到羞愧。我第一次清楚地意識到人無法簡單走過人生，無法輕易與人擦肩而過，無法愛恨分明、單純崇敬或鄙視；一切都交織糾葛在一起，無法辨識區分開來。我看著走在身旁的女士，她也變得很安靜，彷彿發現自己內心也有些地方不像自己所以為和所說的那樣。

終於來到她家門前，她將手伸給我，我輕輕舉起並在上面親吻。「晚安！」她和善地說道，不過不帶一絲微笑。

我也同樣淡然回應。自己之後是如何回到家，如何躺到床上去的，我全然不知。只知我馬上就睡著了，而且不尋常地睡到天亮才醒。我像火柴盒裡的小人般起身下床，做了伸展操、洗了把臉後，伸手想拿衣服換。直到看到禮服掛在椅子上，找不到小提琴箱的時候，才又想起昨日種種。此時精神飽滿的我思緒不同於前一夜，因而無法與當時的想法作連結。記憶中只剩下特別細瑣，卻激動內心的經歷，我訝異地發現，其實自己並沒有什麼改變，依然是那舊日的我。

我想工作，但是沒有小提琴可用，於是就出門去了。一開始還猶豫不定，爾後即決定依循昨天的路線，來到莫德家門口。我在院子門外就聽到他在唱歌。那隻狗朝我吠撲而來，那位老婦連忙出來費力將牠拉回去。婦人讓我進門，我告訴她自己只是來拿小提琴，不想打擾主人。小提琴箱就放在前廳，裡面裝了我的琴，還有琴譜。應該是莫德放的，他有想到我會來。他在隔壁唱得很大聲，我聽見他像是穿著氈鞋來回走動，時而敲擊著鋼琴。他的歌聲聽起來清亮，比起我經常聽到的他在舞台上的歌聲內斂。他唱著一個我不熟的角色，頻繁地重複練唱一些段落，並且在房內快步踱來踱去。

我拿起我的東西，準備離開。此時的我內心平靜，不再為昨天的回憶所擾，不過我很好奇想看看他是否也有了改變，於是趨步靠近。不知不覺之中，我的手突然握緊門把，將門推開，於是我就這麼站在敞開的門下。

莫德唱著歌轉過身來。他穿著一件白色精緻的長汗衫，看起來神清氣爽，好像剛剛泡過澡。就這麼突然出現在他面前，我自己都吃了一驚，不過發覺時已經太遲了。然而莫德對於我沒敲門就走進去，似乎不覺得訝異，而且好像也忘了自己衣衫不整。彷彿一切都順理成章，他跟我握了手，問道：「您吃早餐了嗎？」我說吃過了，他就坐到鋼琴前。

「我得唱這個角色！是首詠歎調！一道小菜而已！這齣戲將在皇家歌劇院裡演出，和布特奈爾與杜愛麗一起！不過您不會感興趣，其實我也沒什麼興致。您好嗎？好好休息過了嗎？您昨天走時，看起來累壞了，而且還生著我的氣呢！啊，別提了，我們不要又開始那種愚蠢的行徑。」

我還沒能開口說什麼話，他馬上接著說道：「您知道嗎？那個克朗澤爾真是個無趣的人。他不要演奏您的奏鳴曲。」

「他昨天演奏了呀！」

「我是說在音樂會上。我要他將您的奏鳴曲排上去，但是他不願意。如果這奏鳴曲能夠安排在今年冬天的早期音樂會上演出會很棒。您知道嗎？克朗澤爾不笨，但就是懶。他總是演奏那些無趣的『汶斯基』和『夫斯基』等的斯拉夫音樂，不喜歡學新的東西。」

我開口說道：「我不認為這首奏鳴曲適合在音樂會上演奏。我從未這樣不知天高地厚地妄想過。這曲子在技巧上還不夠好。」

「那有什麼關係！您們這群所謂的『專業』藝術家！我們又不是學校老師，無庸置疑有時也會演出比較差勁的音樂，尤其是克朗澤爾。但是我知道還有別的元素很寶貴。這首歌您一定要讓給我，並且要盡快再多寫一點作品！我春天就要離開這裡，我辭職了，要去度個長假。在那之前我要舉辦幾次演唱會，不過要唱些新的作品，不要是舒伯特和渥爾夫[2]，這些什麼狼啊、獅子啊等人的每天都會聽到的曲子，而是新的、不知名的作品，至少要有一部分像『雪崩之歌』這樣的歌曲。您覺得如何？」

對我而言，想像莫德欲公開演唱我的作品這件事就像是一道通往未來的門，我帶

2 Hugo Wolf（1860-1903）為著名的奧地利作曲家，曾將歌德等人的詩譜成歌曲。因為其姓氏「Wolf」在德語裡是狼的意思，因此莫德在此以「狼」和「獅子」戲謔嘲諷。

著無比的興奮之情從門縫裡窺望著美好的前景。因此我更要謹慎回應，既不想利用莫德的善意，也不想受制於他。我覺得他似乎要強拉我到身邊去，迷惑我，某種程度而言或許還想以暴行相向，所以我沒有一口答應。

「再看看吧，」我說道：「我明白您的好意，不過我無法承諾什麼。我快畢業了，現在必須花心思取得好成績。將來是否能成為作曲家還不一定，現階段的我是拉小提琴的，我必須適時找到一份拉琴的工作。」

「哎呀，這些您都能做啊！正是這樣的機緣，您總會再做出一首適合我唱的歌曲的，不是嗎？」

「或許吧，不過我不瞭解您為什麼這麼關照我。」

「您怕我嗎？我就只是喜歡您的音樂，想演唱您的作品，同時預期一定會獲得迴響。純粹為了我自己。」

「是吧。不過您為什麼要那樣跟我說話？我是說像昨天那樣？」

「啊，您還在生氣嗎？我到底說了什麼呀？我一點也想不起來了。無論如何我並沒有要像看起來的那樣惡意地對待您。您可以反抗啊！每個人都應該，也必須適性地說要說的話和表現自己，而其他人都必須給予尊重。」

「我也這麼認為，不過您的所作所為正好相反。您惹惱我，不認同我說的話。我不樂意想起的事情，想保密的隱私，您都將它掀開，責難般逼我面對。您甚至嘲諷我的瘸腿！」

海因利希·莫德緩緩地說道：「是是是。人有百百種啊！有的人聽到真話就抓狂，有的人無法忍受空泛的話語。您氣我沒像對待劇院經理般對待您，而我氣您在我面前不坦率，逕說些客套奉承的話語。」

「我說的話都出自真心，我只是不習慣談論那些事情。至於其他的，我就是不想談。我的內心狀態，我是否感到傷心或絕望，我如何看待這瘸了的腿，這些我都要保留在心中，絕不受別人的威嚇或嘲諷而說出。」

他站起身。

「我還沒穿衣服呢！我要趕緊找衣服來穿。您是位正派的人，可惜我不是。對那些事情我們不會再多談什麼了。您難道都沒發覺我喜歡您嗎？您稍等片刻，彈個鋼琴，等我換好衣服。您不唱歌嗎？……不唱？好吧，只要六分鐘就好了。」

他真的一下子就穿好衣服從隔壁房間出來。

「我們現在去城裡一起吃些東西。」他安逸地說道。他不是問我好不好，而是說「我們去」，而我們真的去了。他待人的方式雖然令我生氣，但是那理所當然的強者模樣令我印象深刻。此外，他的談吐舉止間透露了一份任性的孩子氣，往往抵銷了他的霸氣，很吸引人。

從那時起我就經常見到莫德，他常送我歌劇院門票，有時會請我去他家拉小提琴。不是他所有的一切我都喜歡，而他也同樣忍受我不少地方。我們之間發展出一段友誼，我當時唯一的友誼。我幾乎開始害怕未來他不在的日子。他真的辭職了，即使有人提出滿足他需求的待遇予以慰留，他還是堅持要離開。他有時會稍稍提起秋天時或許會登上一個大舞台演出，不過暫時還沒正式洽談。此時春天的腳步已近。

有一晚我去參加莫德最後一次男士們的聚會，這次沒有女士在場，我們互道珍重再見，祝福彼此前程似錦。清晨時，莫德送我們到庭園門口，向我們揮揮手道別後，在寒冷的晨霧中走回已經半空了的屋子裡，身旁伴著一隻又跳又吠的狗。我覺得人生中的一段經歷似乎就此結束了。我認為自己已相當瞭解莫德，所以很確定他不久就會將我們所有人忘記。此刻我才清楚地確定自己真的很喜歡這個憂鬱又任性霸氣的人。

然後我離開的時間也到了。我到令我記憶深刻的地方和人們那裡做最後一次巡禮，也再次爬上那個山丘，俯瞰肯定畢生難忘的斜坡。

於是我啟程回家，迎向一個未知，但顯然無聊的未來。我沒有找到固定的職位，也無法自行開演奏會。令我感到惶恐的是，在家鄉迎接我的就只是幾個等著跟我學小提琴的學生。我的父母應該也很期待我的歸來，他們夠富有，使我能夠不用擔憂，他們也很慈祥體貼，不會給我壓力，沒有詢問我的未來安排。然而我從一開始就知道自己無法忍受在這兒久留。

關於那段蟄居家中、為三位學生授課的十個月時光，不能說不幸福，但是卻沒什麼值得說的。這裡住著人，每天都會發生些事情，但是我與所有一切只維持在事不關己的客套禮貌上，沒什麼人事物令我心有戚戚，讓我牽腸掛肚。相反的，我安靜且出神地活在奇特的音樂世界裡，整個人生處於停滯的狀態，外在世界對我而言是疏離陌生的，唯一有感覺的是對音樂的渴望，而這份渴望經常在我教授小提琴時難以承受地折磨我，肯定讓我因此成了壞老師。不過一旦在盡了該盡的義務，或者想盡藉口逃避授課後，我整個人即深陷美妙卻不真實的夢境，夢遊般築起獨特的樂音殿堂，恣意蓋起高聳雲霄的塔樓，搭起遮蔭的拱頂穹窿，同時自得地讓趣意盎然的裝飾元素像肥皂泡沫般向空中輕盈飄去。

如此麻木漠然地消磨度日，使得昔日同伴都與我保持距離，也令雙親為我擔憂。與此同時，心中原已掩埋的創作泉源再度湧現，而且比前一年在山中時更具強度、更加多樣。過去虛度的歲月與經歷，看似消逝的年代，都悄然成熟結果，不知不覺中一個接著一個安靜地落下，個個香氣四溢、晶瑩剔透，幾乎令人動容的豐碩成果圍繞著我，我懷著遲疑不安的心情伸手將之拾起。先是一首歌曲，接著是一首小提琴狂想曲，然後是弦樂四重奏。幾個月後我又陸續寫了幾首歌和一些交響樂草稿，我覺得這一切都只是一個開始、一種嘗試，我心裡想的是創作一部大型的交響曲，更狂妄時，甚至想寫一首歌劇！那段期間我偶爾會低聲下氣地寫信給樂團指揮和劇院，信中附上我老師的推薦函，謙卑地請他們在下次有較好的小提琴職缺時，記得想到我，然後就會收到禮貌性的簡短回覆，開頭寫著「敬愛的先生」；有時也會石沉大海，沒有回音，至於聘任的允諾則從未發生過。爾後總會有個一兩天，我變得認命且唯唯諾諾，用心於授課，同時重新寫幾封卑微的信函。然而隨之又會想起自己還有滿腦子的音樂要寫下來。幾乎一投入創作，那些信函，那些劇院和樂團以及樂團指揮和「敬愛的先生」即消逝無蹤，只剩下我獨自一人，全心投入且怡然自得。

和大部分世事一樣，這些經歷都是無法描述的回憶。一個人獨處的情況與經歷，他如何轉變與成長，他的生老病死，這一切都是無法說清楚的。工作的人生是無聊的，無所事事、遊手好閒者的生活型態與命運才是有趣的。因為離群索居，與凡俗的社會生活脫節，那時期的記憶縱然豐富，我卻無法陳述什麼。唯有一陣子我又和人接近，他就是我不該忘記的羅爾老師。

有一回出門散步，當時已是晚秋時節。城南有個簡樸的別墅區，住在那裡的不是什麼有錢人，而是一般省吃儉用和領養老金過日子的人，他們住在簡樸而有格調的小屋，每戶都有一個小院子。聽說一位年輕幹練的建築師在那裡蓋了許多漂亮的建築，我想趁此時去一探究竟。

那是個暖和的午後，周遭胡桃樹上最後僅存的葉片也飄落了，一個個庭院和新建的小屋錯落在陽光下，充滿愉悅的氣息。我喜歡漂亮而簡單的建築，就像年輕人對此的喜好，只是懷著單純的閒情逸致欣賞這些建物，完全說不上是對房子、對家與家人以及對休憩與下班時間的眷戀之情。寧靜的庭院街道給人一種親切安逸的氛圍，我緩緩漫步在這條路上，邊走邊看庭院門牆上，鑲嵌在那些小塊黃銅牌上面的主人姓名。

其中一塊門牌上寫著「康拉德．羅爾」，看到這名字時，我覺得很熟悉，便停下腳步思索著，果然想起小學的一位老師就叫這個名字。瞬息間，過去的那段時光浮現眼前，並且訝異地凝視著我，一連串的面孔迅速閃過，有老師，有學生，以及綽號與往事。就在我駐足微笑地望著黃銅名牌時，鄰近一處醋栗樹叢後面有個正蹲在那裡工作的人站了起來，他走近我，並且凝視著我的臉。

「您要找我嗎？」他問。那是羅爾，我們都稱之為天鵝騎士羅恩格林的羅爾老師。[3]

「其實不是。」我回答並脫帽致意：「我不知道您住在這裡。我曾經是您的學生。」

他仔細盯著我看，從頭上一直看到我的拐杖，想了一下後，就叫出我的名字。他不是認出我的長相，而是認出我那條瘸腿，他當然有聽說過關於我的那場意外。於是他請我進屋去。

他身穿一件汗衫，圍了一件綠色的園藝圍裙，他似乎一點也沒有變老，看起來神采飛揚、年華正盛。我們先在整潔的小花園裡走了一會兒，然後他領我到敞開的陽台上坐下來。

「是啊，我幾乎認不出您了！」他坦白說道：「但願我在您的記憶裡是好的。」

「不完全是。」我笑著回答：「您曾經為了一件我沒做的事情處罰我，認為我的辯白是在說謊。那是我四年級的事情。」

他苦著臉，抬頭看著我：「您可別生我氣，我也覺得很抱歉。當老師的即使沒有惡意，也經常會做錯事，造成不公平的結果。我知道還有更嚴重的事件。這是我之所以離開學校的部分原因。」

「所以，您已經離職了？」

「很早就離職了。我曾生了一場病，病癒後我的人生觀全然改變，因此決定離

3　羅恩格林（Lohengrin）為華格納的浪漫派歌劇《羅恩格林》（一八五〇）中的主角名字。由於羅爾老師的姓氏德文為Lohe，與Lohengrin這個名字的前半段相符，所以獲得這個綽號。

職。我過去盡力作一個好老師，但是我不是，好老師是天生的，於是我就放棄了。從那個時候起，我的心情就舒坦多了。」

看得出來他現在過得很好。我繼續問他問題，不過他要聽我的故事，我就馬上說給他聽。對於我成為音樂家，他不怎麼喜歡，至於我的不幸，他倒寄予親切且溫柔的同情，而我並沒有因為這份同情而受傷。他小心探詢我是如何自我療傷的，對於我半閃躲的回答並不滿足。於是他既遲疑又熱切，態度神祕，婉轉地告訴我他知道一種慰藉，一種為每個認真的追求者敞開大門的智慧。

「我知道了，」我說：「您指的是聖經。」羅爾老師機伶地微笑道：「聖經很好，是通往智慧的道路，但不是智慧本身。」

「那智慧在哪裡？」

「若您願意，很容易就會找到智慧。我給你一些書閱讀，您會從中獲得基本概念。您聽說過業力觀嗎？」

「業力？沒有。那是什麼？」

「您會瞭解的，您等一下！」他走開了好一會兒，留下詫異的我坐在那裡莫名地等待，同時望著下面庭院裡整齊排列的矮小果樹。不久羅爾又出來了，兩眼發亮地看著我，並遞給我一本小書。這本小書封面布滿神祕的線條，線條間印著書名：《神智學教義問答入門》（Theosophischer Katechismus für Anfänger）。

「這本書您拿去看！」他說道：「您可以留著它。如果您想進一步瞭解，我可以再多借一些書給您。這本書只是個入門。我從這門學說中獲益良多，透過它我的身心靈都變得健康了。希望對您也有幫助。」

我接過書，並放進口袋裡。老師陪我穿過院子走到路旁，親切地和我道別，並請我不久後再次造訪。看著他和善快樂的臉，我想，試試這條通往身心靈健康的道路應該不會有什麼壞處。我就這樣口袋裝著這本小書走回家去，同時滿心好奇地期待踏上通往幸福之路的第一步。

不過我是在幾天後才踏出第一步的。那天回到家，在樂譜再次強烈的召喚下，我又全心投入音樂當中，又寫又演奏地悠遊其中，直到這次的熱潮退去，再度清醒回到日常生活。我隨即感受到研讀那個新學說的需求，於是拿出那本小書坐下來閱讀，以為很快就能看完。

但是並沒有那麼容易。手中的小書愈來愈沉重，最後變得高深難解。書一開始的導論相當吸引人，以美妙的詞句介紹許多通往智慧的道路，每個人都能從中找到適性的途徑；關於自由追尋神通智慧和內在完美的人們之間的同袍情誼，對他們而言，每個信仰都是神聖的，每條通往光明的道路都是可行的。接下來是我無法理解的宇宙起源論（Kosmogonie），將世界分成不同的「層級」，並將歷史劃分成許多我沒聽過、很奇特的時代，論述中也提到了沉沒的亞特蘭提斯島國。我暫且跳過這個部分，轉而閱讀其他介紹再生論的章節，這個部分我比較理解，不過還是漸漸不太明白這一切究竟是神話、文學寓言，還是在陳述一個真實狀況。看起來似乎是後者，不過我無法接受。接著是業力說，一種尊崇因果論的宗教觀，這我覺得不賴。我就這麼一直讀下去，不久即發現這整個學說只對發自內心全盤相信接受的人來說，才是一種慰藉與寶藏。對於像我這種人，覺得它一部分說得很棒，一部分卻是胡言亂語，認為它是一種透過神話詮釋世界的嘗試，這樣的人雖然能從中學習，並給予尊重，但是是無法從中汲取生命和力量的，成為論述精湛的神智學權威或許有可能，但是能藉以獲得最終慰藉的只有那些不多思考、一味相信的人們。這個學說暫時不適合我。

然而我還是拜訪了這位老師不少次。他十二年前以希臘文折磨我和自己，現在企圖以其他——也同樣沒結果——的方式當我的導師引領我。我們沒有成為朋友，不過我很喜歡去他那裡，有很長一段時間他是唯一一個能和我談論重要生命課題的人。期間我雖然體認到這些談話沒有什麼確切價值，頂多得到些明智箴言，但是這位曾被教會和科學漠然遺棄的虔誠長者，在人生的後半段天真地信仰一個奇思異想，並從中獲得心靈的平靜，經驗宗教的莊嚴美妙，很令我感動，甚至感佩。

我雖然盡了最大的努力，但是這條路至今仍行不通。我很讚嘆與仰慕那些虔誠堅信某個信仰並獲得滿足的人們，但是他們無法同樣回應我的需求。

第四章

在我拜訪那位虔誠的神智學者暨果樹栽培者的短暫期間，某天收到了一張來路不明的匯票，這是一位北德知名的音樂會經紀人寄來的，但是我從來沒和他有過接觸。我的疑問獲得了這樣的答覆：這筆費用是海因利希．莫德先生委託代匯的，因為莫德在六場音樂會中演唱了一首我作的曲子，這是給我的酬勞。

於是我寫信向莫德致謝，同時也請他告知一些訊息，主要希望瞭解一下我的曲子是如何被音樂會納用的。我早就聽說了莫德巡迴演唱的事，也在報紙短訊中看過一兩次，但都未曾提及我的曲子。我在信中詳細敘述了我在生活與工作中的孤單感受，並附上一首新曲。之後就等著他的回信，過了兩個星期、三個星期、四個星期，由於一直未收到回音，我也就將整件事給忘了。我仍舊幾乎天天伏案創作著彷若夢中湧現的音樂，但空閒時卻感到無力喪氣而不滿，教課這件事對我而言極為困難，我覺得自己再也撐不了多久了。

因此，當莫德的來信終於寄達時，我彷彿從禁錮中被拯救出來一樣。他寫道：

「親愛的庫恩先生，我不擅長寫信，所以收到您的信後就一直擱著，因為不知道該怎麼回覆您，但是現在我可以給您一些實際的建議了。我目前正在R市的歌劇院任職，如果您也能過來的話，一定會很好。您可以在我們這裡先擔任第二小提琴手，樂團團長雖然是個粗人，但明理直爽，或許您在這裡也能很快遇到演出機會，我們有很好的室內樂團。關於歌曲還有一些事得談談，除此之外，有一間出版社很想要這些曲子，但是寫信實在很無趣，您還是親自過來吧！不過請您儘快，關於職位的事請發個電報過來，因為很急迫。

莫德」

於是我突然從隱居與無所作為的狀態中給拉了出來，再次投入生活的洪流裡。我是既期待又擔憂，既害怕又欣喜。我沒遇到任何阻撓，雙親都很高興看到我回到軌道上，朝人生踏出明確的第一步。我刻不容緩地發了電報過去，三天後就已經身處R市，出現在莫德家了。

我投宿在一間旅館裡，想去拜訪他，但是沒找著，而他卻來到旅店，意外地出現在我的面前。他和我握了握手，什麼也沒問，什麼也沒說，完全無視我的興奮之情。他已習慣了順其自然，永遠只對眼前的片刻認真，盡情享受生活。他連衣服也不讓我換，便帶著我去找樂團團長羅斯勒。

「這位是庫恩先生。」他說。

羅斯勒輕輕地點了個頭：「很高興認識您，有什麼事嗎？」

「喂，這位就是我說的小提琴手。」莫德叫道。

團長吃驚地看看我，又轉頭朝莫德粗魯地說：「您沒告訴我這位先生是個瘸子，我要的是手腳健全的人。」

我漲紅了臉，但莫德依舊保持冷靜，只是笑著說：「羅斯勒，他是要跳舞嗎？我以為他是來拉琴的，如果他不會拉，那我們就得送他走，但是我們應該先試試看吧。」

「那好吧！庫恩先生，請您明早大約九點過後來找我，就到這間屋子裡來。您因為腳的事不高興了嗎？莫德應該要事先跟我說的。那麼，我們試試看吧，再見。」

離開之後我為了這件事責怪莫德，他聳聳肩，認為如果一開始就提到我瘸腿的事，團長大概就不會同意了。而現在我人已經在這兒了，如果羅斯勒對我還算滿意，我很快就會認識到他比較好的一面。

「但是您怎麼敢推薦我呢？」我問：「您完全不知道我能做什麼啊！」

「是啊，那是您的事。我認為應該可行，而且也會行得通，您就像一隻畏縮的小兔子，若沒人偶爾推您一下，您就不會有所成就。我已推了您一把，您就踉蹌地繼續前進吧！您不需要害怕，因為前一位小提琴手並不怎麼適任。」

我們在他的住處度過了夜晚。他在這裡也於郊區租了一間有庭院和許多房間的房子，環境清幽，他那頭強壯的大狗朝他跳了過來，我們才坐定，身子都還沒暖和起來，門鈴便響了起來，然後進來了一個非常漂亮的高䠷女子，她加入了我們。氣氛和上回一樣，莫德的情人依舊是完美無瑕的高貴模樣，他似乎非常慣於使喚這些美女，我既感興趣又羞赧地看著這個初次見面的女子，接近令人喜愛的女性時，我都會有這樣的感覺，而且多少帶著妒忌吧，因為跛腿，我遲遲沒有指望，沒有人愛。

一如往昔，這次在莫德家也豪飲了很多酒，他用他那粗暴且隱隱浪蕩的興致折磨我們，卻也著實令我們為他著迷。他唱得好極了，也唱了一首我的歌，我們三人成了朋友，變得熱絡親近，望著彼此真誠的雙眼，酒酣耳熱相聚一堂。高眺的女子名叫珞蒂，她的溫柔友善吸引著我，這已經不是第一次有個美麗親切的女人對我施以同情與莫名的信賴了，這次也同樣讓我感到既愉快又痛苦，但是我現在已經多少習慣了這種調調，不會太認真去看待。偶爾我還是會遇到心愛的女人對我表現出特別的友誼，她們都認為我無法愛人，不會妒忌，同時抱持著那討厭的同情心，以母愛般的情誼信賴著我。

可惜當時的我還不習慣這樣的關係，尚且無法只是看著身旁幸福的愛情，而不聯想到自己其實也很希望可以談一場戀愛。這些思緒多少削減了我的喜悅，不過無論如何，待在溫柔美麗的女子身邊，與暗暗發光、強健而粗獷的男士為伍，我度過了美好的一晚。這位男子喜歡我、關心我，但是他無法不像愛戀女人那樣對待我，他的喜愛既粗暴又情緒化。

我們在道別前敬了最後一杯酒，他對我點點頭，說道：「其實我現在應該要和您結拜兄弟，對吧？我也很想這麼做，但是還是算了吧，現在這樣也行的。您知道嗎？以前我只要喜歡一個人，就會馬上和他稱兄道弟，但是這樣並不好，尤其是同事之間更不應該這樣，我和每個人後來都起了衝突。」

這回我沒有那苦中帶甜的榮幸，得以送朋友的情人回家。她留在莫德家，而我也寧願這樣。這趟旅程、拜訪樂團團長、對於明天感到緊張的心情以及重新和莫德來往等，種種情況都讓我覺得很好。我這才發覺在那孤獨等待的漫長一年裡，自己是如何被人遺忘，而變得漠然，與人疏離；我終於又再度懷著愜意的緊張情緒感受悸動，再度與人互動，重回世界。

隔天一早我準時來到團長羅斯勒的住處，他還穿著睡袍，尚未梳整裝容，但仍對我表示歡迎，比昨天還要友善地請我演奏。他將手寫譜放在我面前，自己則坐到鋼琴前。我盡可能放膽演奏，但是手寫譜很難辨認，很吃力。演奏完畢，他默默地換上另一張樂譜，我必須在沒有伴奏之下演奏，接著又換上第三張。

「很好，」他說：「但是您還必須更習慣視譜，樂譜不一定都很清楚。您今晚到劇院來吧，我會幫您安排位子，您可以和另一位臨時頂替的人員一起演奏，可能會有點擠。請您事先好好讀一下樂譜，今天不會排練，我給您一張紙條，請在十一點後帶著紙條到劇院去領取樂譜。」

我還不是很清楚該做些什麼，但是我看這位先生不喜歡別人提問，便離開了。劇院裡沒有人知道樂譜的事，也沒有人願意聽我說明，我仍未習慣劇院裡的擾攘，不知該怎麼辦。於是我趕緊派人去找莫德，他來了之後，一切立刻進行地相當順遂。到了晚上，我首次在劇院裡演奏，看到樂團團長很仔細地觀察著我。第二天我就被聘用了。

人真的很奇妙，在我圓了夢、投入新生活時，偶爾竟然會奇怪地隱約想念起孤獨的時光，想念可說是無聊空洞的日子。於是乎在故鄉的那段過往，那種我曾經非常感激能夠擺脫的平淡無奇的狀態，現在彷彿成為嚮往的對象，尤其想念的是兩年前在山中度過的那幾個星期。我感覺到自己命中注定不該過著舒適與幸福的日子，而是必須處於弱勢、失敗的窘境，因為倘若沒有這些陰暗面與犧牲，我創作的泉源必會黯淡枯竭。實際上我一開始也真的沒有安寧的時刻，也沒有什麼創作可言。在我日子過得安逸且多采多姿的時候，我總覺得可以聽到那被埋藏的創作泉源在內心深處輕聲潺潺與悲鳴。

在管弦樂團裡拉琴我感到很快樂，我常常研讀總譜，熱切地向前探索這個世界。我慢慢地仔細學習，從頭瞭解各種樂器的形式、音色與意義，這些在過去都只是理論上略知一二而已；此外我也觀賞、研究舞台音樂，我愈來愈認真地盼望自己有一天可以放膽創作歌劇。

與在劇院占有首席地位的莫德密切來往，使我能很快地接近所有人事物，讓我獲益良多；但是卻也相當損害我和樂團同事之間的相處，讓我無法和大家建立率真的友誼。只有來自奧地利施泰爾馬克邦（Steiermark）的第一小提琴手泰瑟接納了我，和我成了朋友。他約年長我十歲，是個純樸坦率的人，有著一張細緻溫柔、微微泛紅的臉蛋，音樂才能令人驚豔，特別是音感，敏銳得令人難以置信。他是那種自得於藝術本身的人，並不想成名，他的演奏技巧並非超群絕倫，也從未作過曲，只知足地拉著他的小提琴，熱衷於澈底瞭解這項技藝並從中獲得樂趣。幾乎沒有指揮能像他一樣澈底通曉每首序曲；只要出現技藝精湛與精采出色的地方，或者某種樂器的演奏表現美妙獨特，整個樂團沒有人像他一樣欣喜於色，並且沉浸其中。幾乎所有的樂器他都會演奏，因此我每天都能向他學習請教。

幾個月下來，我們兩人的對話，除了談論演奏技藝之外，沒有其他內容，但是我很喜歡他，而他也看得出來我是認真想要學習，因此我們之間自然而然形成一種融洽的默契，一份近乎朋友的情誼。這樣的機緣下我後來終於向他提起了我的小提琴奏鳴曲，請他和我一起演奏一次。他親切地答應了，並在約定的日子來到我的住所。為了讓他高興，我準備了一瓶來自他家鄉的紅酒。喝過一杯酒後，我攤開樂譜，我們隨即開始演奏。他看著譜，拉得極為出色，但是卻突然放下弓停了下來。

「喂，庫恩，」他說：「這音樂實在美得不得了，我不想就這樣隨便拉完，我想先研讀一下，我要把譜子帶回家，可以嗎？」

就這樣，當他再過來的時候，我們完整地演奏了兩次那首奏鳴曲，拉完以後，他拍了拍我的肩，叫道：「您這畏縮的謙遜鬼！您總是表現得像個無知的小男孩一樣，但暗地裡竟然作出這樣的東西！我沒有要多說什麼，我不是專家教授，但是它美得要命啊！」

這是第一次一個我真正信賴的人對我的作品表示讚揚。我把所有作品都拿出來給他看，包括正在印刷、即將出版的歌曲，但是我並不敢告訴他自己有寫一齣歌劇的大膽想法。

在這段美好的時光裡，有一件讓我震驚的小事令我終身難忘。我常常去找莫德，但是已經有一段時間沒有見到美麗的珞蒂了，不過我並沒有多想，因為我不想攪入他的情史裡，甚至最好都不要知道，所以我從沒問起她，而他本來就不會同我說起這些事。

某天午後，我坐在房裡讀著總譜，我的黑貓躺在窗邊睡覺，整間屋子靜悄悄的。這時候外面的門開了，有人進入屋裡，女房東向那人問了好，耽擱了一會兒後，那人走向我的房門，隨即敲了敲我的門。我走過去開門，進來了一個高䠷優雅的女子，臉上罩著面紗。她關上身後的門，往房裡走了幾步，深深吸了一口氣後，終於取下面紗，我認出是珞蒂。她看起來很不安，我旋即猜到她的來意。她應我之邀坐了下來，和我握了握手，但是仍不發一語。當她察覺我的不知所措時，似乎鬆了口氣，好像害怕我會立刻打發她走一樣。

「是因為海因利希．莫德嗎？」我終於開口問道。

她點點頭，「您已經知道了嗎？」

「我什麼都不知道，我只是這麼猜想而已。」

她像病人盯著醫生一樣地看著我，靜默不語，並慢慢脫下手套。突然間她站起身來，雙手搭在我的肩上，瞪大眼睛凝視著我。

「我該怎麼辦呢？他總是不在家，不再寫信給我，連我寫給他的信他一封也沒拆開過！我已經三個星期沒能和他說上話了。昨天我去找他，我知道他在家，但是他沒開門，他甚至不吹口哨制止他的狗，那隻狗扯壞了我的衣服，連他的狗也不再認得我了……。」

由於不想只是傻傻地坐在那，我問道：「您和他吵架了嗎？」

她大笑：「吵架？啊，我們吵得夠多了，從一開始就會吵了！這我早已經習慣了。不是的，最近他甚至變得很客氣，我不喜歡這樣。有一次他約了我，但是他卻不在家；又有一次他說要來找我，但是沒有來；最後他突然用『您』來稱呼我，唉！我寧願他再打我啊！」

我著實吃了一驚：「打……？」

她又笑了：「您不知道嗎？喔，以前他常常打我，但是這陣子已經很久沒打了。他變得很客氣，稱呼我『您』，現在呢，已經不理我了。我猜他有了別人，所以我才過來找您，請您告訴我，拜託！他是不是有了別的女人？您知道的！您一定知道的！」

我還沒來得及反駁，她就抓住了我的雙手。我整個人僵住了，雖然實在非常想回絕她，儘快了事，但是所幸她完全不讓我說話，因為我也不知道該說些什麼。

滿懷期待與痛苦的她很滿意我的傾聽，情緒激動地懇求著、訴說著、抱怨著，而我則一直盯著她掛滿眼淚成熟動人的臉龐，腦子裡除了「他打了她！」之外，別無他想。我彷彿看到他的拳頭，覺得他們兩人都很可怕，她在被毆打、蔑視與拒絕之後，除了想辦法重回到他身邊，繼續受侮辱之外，似乎沒有其他的想法和渴求。

珞蒂激動的情緒終於緩和下來，她放慢了說話的速度，看起來變得羞怯，也意識到了情況，便不再作聲，同時放開我的手。

「他沒有別的女人。」我輕聲說：「至少我不知道有，而且我相信他沒有。」

她感激地望著我。

「但是我無法幫您，」我繼續說：「我從來不和他談論這些事情。」

我們沉默了好一會兒。我不禁想起瑪莉安，那個美麗的瑪莉安，想起我挽著她的手走在溫熱空氣中的那一晚，她是那麼勇敢地維護著她的情人。他也打過她嗎？而她也一樣仍舊跟隨他嗎？

「您究竟為什麼來找我呢？」我問。

「我不知道，我總得有些行動。您覺得他心中還有我嗎？您是個好人，請幫幫我！您可以試著問問他啊，跟他提一提我……」

「不，我辦不到。如果他還愛著您，他自己就會再來找您；如果不愛了，那麼……」

「那麼怎樣？」

「那麼您就應該讓他走，他不值得您這樣委曲求全。」

她這時突然微笑了。

「喔，您啊！您不懂愛情啊！」

我心想，她說的沒錯，但是我還是覺得很難過。如果連愛情都沒有我參與的餘地，如果我始終站在愛情世界的外面，我又為什麼應該成為別人信賴的人去幫助他們呢？我很同情這個女人，但我更輕視她，如果這就是愛情，充斥著殘酷與侮辱，那還不如過著沒有愛情的生活。

「我不想爭論。」我冷冷地說：「這種愛情我不懂。」

珞蒂蓋回面紗。

「好吧，我這就離開。」

這下子我又覺得對她很不好意思，但是我並不想讓愚蠢的場景重新上演一次，因此沒有說話，並幫她開了門。她穿過門走出去，我陪著她經過好奇的女房東身邊，一直走到台階，我欠了個身，她便走了，沒有多說什麼或看再我一眼。

我悲傷地望著她，久久無法移開視線。難道我真的與瑪莉安、珞蒂和莫德他們這些人完全不一樣嗎？那真的叫愛嗎？我眼中這些懷著熱情的人們，都像被狂風暴雨驅趕而跌跌撞撞，都被吹入了不確定的境地一般，男人今天為了欲求，明天又為了厭倦而苦，陰鬱地愛著，殘忍地分手，沒有確切的愛慕，也沒有快樂的愛情；而女人則著了魔似地忍受著侮辱和毆打，最後還被趕走，卻無法忘情於他，即便吃著醋，受盡一廂情願的恥辱，依舊死心塌地。那天我哭了，我已經有好長一段時間不曾哭泣了。為了這些人，為了我的朋友莫德，為了人生與愛情，我流下惱怒的淚水；為了我自己，為了生活在眾人之間，卻彷彿身處另一個星球的自己，我流下無聲無息的眼淚；我不瞭解人生，我渴望愛的滋潤，卻又注定畏懼愛情。

有很長一段時間我沒去找海因利希．莫德，這期間他成功以華格納歌手之名站在舞台上，開始成為「明星」，而我也有了一點名氣，我的歌曲出版了，獲得不錯的反應，還有兩部室內樂作品在音樂會中演奏，不過還只是朋友們靜靜給予我的鼓勵性肯定，樂評界仍保持著觀望的態度，或許暫時體恤我是個新人。

我常常和小提琴手泰瑟在一起，他很喜歡我，懷著志同道合的喜悅誇讚我的作品，預言我將會很有成就，而且隨時都願意和我一起演奏音樂，但是我仍舊覺得缺少了些什麼。我掛念著莫德，卻繼續迴避他，我沒再聽到珞蒂的消息了。我為何感到不滿足呢？我責罵自己有忠誠且傑出的泰瑟為伴還不知足，但是我感覺泰瑟身上也缺少了些什麼。我覺得他太過開朗，太過陽光，太過知足，彷彿不知低潮為何物。他不喜歡莫德，有時莫德在劇院裡演唱時，他會看看我，悄聲說道：「你看，他又在敷衍了事了！這傢伙完全被寵壞了！他不演唱莫札特的曲子，他自己知道原因。」我口頭上必須承認他是對的，但實際上卻不是真心這麼想，我仍舊依戀莫德，可是並不想為他辯護。莫德有著泰瑟沒有、同時也不瞭解的特質，而將我們牽繫在一起的就是這些東西，那是無窮的嚮往，渴望與不滿足。它們驅使我去學習與工作，激勵我去接觸人群，正如莫德也是一樣，他被相同的不滿足感以另一種方式折磨著、糾纏著。我知道自己會繼續做音樂，但是我也懷著渴望，希望之後的創作也能夠出於幸福、富裕與永恆的喜樂，而非總是起因於渴求與內心的匱乏。啊！為何我無法透過自己所擁有之物，透過我的音樂變得幸福呢？而莫德又為何無法透過他所擁有之物，透過他野性的生命力以及他的女人們變得幸福呢？

泰瑟是個幸福的人，他未因無法達成的渴求而受到折磨，溫柔無私地喜愛著藝術，除了藝術所給予的，別無所求；若撇開藝術，他則更是個知足之人，因為他只需要有幾個好友相伴，偶爾喝杯上好的葡萄酒，空閒時到郊外走走——這是因為他喜歡健行和呼吸新鮮空氣——這樣就夠了。若按照神智學的教義，這個人具有最接近完人的條件，他的本性是那麼的良善，極少讓激情與不滿足的情緒進入心中。即便如此，我希望——如果要我告訴自己的話——我不想變成他。我不想變成其他人，雖然常常覺得抑鬱，但我想做我自己。自從我的作品慢慢地有了迴響之後，我開始感覺到自己擁有力量，而且覺得自豪。我必須找到通往人群的某條橋梁，我必須透過某種方式與他們共存，而不是一直當個弱者。如果現在沒有其他途徑，或許我的音樂能夠引領我走向人群；就算他們不喜歡我，他們也必定會喜歡我的作品。

諸如此類愚蠢的想法揮之不去，但是只要有人肯要我，只要有人真的理解我的話，我已經準備好奉獻自己、犧牲自己。難道音樂不是這世界的神祕法則嗎？難道地球和群星不是和諧地循序運轉嗎？難道我就應該孤零零的，一定找不到性格可以與我契合共鳴的人嗎？

我在異鄉度過了一個年頭，剛開始的時候，除了莫德、泰瑟和我們的樂團團長羅斯勒之外，我很少和人往來，但是最近我的社交圈變大了，我對這個圈子並沒有特別的好惡。我的室內樂作品演出之後，便和劇院以外，城裡的其他音樂家們熟識起來，現在的我承受著一種輕鬆愉快的負擔，這是由於我的聲名在小圈子裡逐漸增長，我注意到人們知道我是誰，他們在觀察著我。在所有的名望當中，最甜美的階段，是尚未飛黃騰達，尚無法引起妒忌，尚未被孤立起來的那種名望；享有這種名望的人在外走動時，會感受到自己四處都受人矚目、被人提及與誇讚，會遇到友善的面孔，看到認同的人贊許地點頭，年輕一輩敬重地問好，而且還會一直存有一種祕密的期待，就像所有年輕人一樣，認為最美好的事物即將到來，直到他們發現最美好的事物已然出現過了為止。對我的愉悅傷害最大的，始終是在肯定我的人身上感覺到那些許同情，有的時候我甚至覺得他們是在憐憫我，他們之所以會那麼友善，全是因為我是個可憐蟲，是個瘸子，而人們樂於給予我一些安慰。

在一場表演了我的小提琴二重奏的音樂會之後，我結識了富有的製造商老闆尹姆多，他是位熱愛音樂的朋友，樂於贊助優秀的青年音樂家。他相當矮小而且安靜，一頭逐漸灰白的頭髮，看起來既不像個有錢人，也不像有藝術涵養的樣子，但是從他對我所說的話，可以知道他非常瞭解音樂：他不會一天到晚不停稱讚，反而是給予冷靜而中肯的讚美，這種讚美更有價值。他告訴我他有時會在家裡舉辦音樂晚會，有古典樂，也有新式樂曲。這件事我早已從其他管道得知了。他邀請我參加，最後並說道：

「我們也演唱您的歌曲，我們都很喜歡您的作品，如果您能來的話，我的女兒也會很高興的。」

在我尚未去拜訪之前，就先收到了一封邀請函，尹姆多先生詢問是否可以在他家表演我的降E大調三重奏，他已安排好一位小提琴手和一位大提琴手，兩人都是才華洋溢的業餘愛好者，假使我有興趣一起演奏的話，將會保留第一小提琴的位置給我。我知道在尹姆多公館演出的職業音樂家都能獲得優渥的報酬。我不是很想接受這場邀約，但是我並不清楚這封邀請函是什麼意思。最後我還是接受了邀請，那兩位合作的演奏者來我的住處拿取樂譜，我們排練了好幾次。在這段期間，我前往尹姆多公館拜訪，但是沒有碰到其他人。就這樣，預定演出的夜晚來臨了。

尹姆多先生是個鰥夫，住在一棟古老但壯觀的中產階級住宅裡，在逐漸擴大的城市當中，這幢位於市中心的宅邸是少數仍保有過去廣大庭院的莊園之一。我在傍晚抵達尹姆多家時，沒有機會看到太多庭院景致，只看到一條短短的梧桐林蔭路，在燈火照射下顯現出樹幹上的淡色斑痕，樹木間錯落擺置著幾尊陳舊泛黑的石像。在大樹後面的，便是那棟古老、寬敞的低矮建築，穿過入口大門，走廊、台階與所有房間的牆上都掛滿了舊畫，有大量的家族肖像、泛黑的風景畫、舊式的城市景物畫以及動物畫像。我和其他賓客同時到達，接待我們的是一位女管家。

聚會人數並不是太多，但在通往樂室的門開啟之前，大夥都擠在中等大小的房間裡，顯得有些侷促。樂室比較寬敞，大鋼琴、譜櫃、燈與椅子，所有東西看起來都是新的，只有牆上的畫作仍是些舊畫。

和我合作的演奏者已經來了，我們架起各自的譜架，檢查了燈光，並開始調音。這時，大廳最裡面的一扇門打開了，一位身著淺色衣裳的女士穿過半昏黃的房間走了進來。那兩位男士殷勤地向她問候，我想這位應該就是尹姆多的女兒吧。她疑惑地注視了我一會兒，接著在我自我介紹之前，便先和我握了手，說道：「我認識您，您是庫恩先生吧？歡迎您！」

這位美麗的女子從踏進房裡的那一刻，即給了我很深的印象，現在她的聲音聽起來又是那麼的明亮動人，我熱切地握了握她遞出的手，高興地看著她的眼睛，那雙眼睛親切友善地向我傳來問候。

「我很期待這首三重奏。」她微笑著說，好像已經預料到我現在的樣子，似乎感到很滿意。

「我也是。」我想也沒想就回答道，又看了看她，她點點頭，繼續往前走，出了大廳，我則望著她的背影。不久後，她挽著父親回來了，身後跟著那群賓客。我們三人早已坐定在譜架前準備妥當，觀眾開始入席，幾個熟人向我點頭致意，主人與我握了握手，所有人都入座後，電燈熄了，只剩下我們譜架上的高蠟燭燃著亮光。

我幾乎忘記我的音樂，眼睛往大廳深處搜尋著歌特蘿德小姐的身影，她斜倚著書架坐在昏暗裡，那頭暗金色秀髮看似黑色，我看不到她的眼睛。我低聲數了數拍子，點點頭，我們緩緩地奏起行板。

在演奏的當下，我的心情愉悅而投入，隨著節奏搖擺，自在地在和諧的音流中飄動，所有樂音如新，彷彿這一刻才被創造出來。我對音樂的思緒，與對歌特蘿德．尹姆多的思緒，純淨地交會在一起，毫無干擾。我拉著我的弓弦，以眼神示意，音樂的旋律優美洋溢，帶著我流向通往歌特蘿德的金色大道，我看不到她，此刻也不渴望看見她，我將我的音樂、我的呼吸、我的思緒以及我的心跳獻給了她，猶如晨間旅者，將自己獻給了清晨時分的淡淡藍天與清新的綠草光澤一樣，未加詢問，沒有迷失自我。在愉悅的心緒與滋長的樂音洪流伴隨之下，我心中產生了一種微妙的幸福感，我突然間明瞭了什麼是愛情。這並不是一種全新的感受，是對古老的預想做出了澄清與抉擇，一種回到故土的情懷。

第一樂章結束，我只做一分鐘的停頓。調弦聲輕聲交錯，越過好奇感與興趣而頻頻點頭的眾人臉龐，我瞬間瞥見了那頭暗金色秀髮，以及柔嫩明亮的額頭與抿著的紅潤雙唇；隨後我輕聲敲了敲譜架，開始演奏動聽的第二樂章。演奏者熱了起來，樂曲中逐漸升高的慾望不安地舉起了雙翼，不滿足地翩翩盤旋而升，在不安的泣訴中尋覓而迷失了自己。深沉且溫暖的大提琴聲接過旋律，將它急切而強烈地表現出來，然後逐漸減弱進入嶄新的低沉音調，旋律絕望地結束在惱怒的低音之中。

第二樂章是我的懺悔，是我對慾望和自己的不滿足所作出的自白；第三樂章應該表現救贖和實現願望。然而，從那一晚開始，我知道第三樂章毫無價值可言。我無掛念地演奏著它，當它是個過去，因為我認為我現在已完全理解所謂的滿足應該有著怎麼樣的旋律，必須如何衝破波濤洶湧混沌一氣的聲響，展現光輝與寧靜，應該如何撥雲見日。這些在我的第三樂章中全都不存在，我的第三樂章只是將不斷堆砌的不和諧之音緩慢調和，只是試著把舊的基本旋律多澄清一點、多昇華一點而已。現在在我內心發著光、詠著歌之物，其內不帶有聲音與光線。我很驚訝居然沒有人注意到這些。

我的三重奏演奏完畢了。我向合奏者點點頭，放下小提琴。燈火再度亮起，賓客們動了起來，有人過來對我說了些尋常的客套話、稱讚與評論，以證明自己是個懂音樂的人，但這部作品最主要的缺失，卻沒人提出批評。

賓客們分散到幾個房間去了，房間裡備有茶、葡萄酒和糕點，男士房裡有人吞雲吐霧。時間過了一個小時，又一個小時，終於發生了我所期待的事：歌特蘿德站到了我的身旁，與我握手。

「您喜歡我的音樂嗎？」我問。

「是的，很好聽。」她點著頭說，但是我看得出來她懂的不僅如此，於是我說道：「您指的是第二樂章吧，其他樂章就不怎麼樣了。」

她再度好奇地看著我的眼睛，像個成熟的女人般善良聰慧，非常機伶地說：「那麼您自己是知道的。第一樂章的音樂真的很美，不是嗎？第二樂章變得雄壯開闊，其熱烈的程度是第三樂章無法承接的。別人在您演奏的時候也是能看得出來您何時真正投入，何時不是的。」

我不知道她那清澄友善的雙眼曾經注視著我，我很高興聽到這些。在我們相識的第一個夜晚，我已經開始想著，如果可以在這美麗真誠的目光之下過一輩子，一定非常幸福美好，而且無論何時都一定不可能去想到不好的事物，更別說是去做。從那一晚開始，我知道在某個地方能夠滿足我對整合與極致和諧的渴望；我知道在這世界上有個人，在其目光與聲音之下，我的每一次脈搏跳動、每一次呼吸都能獲得純然真摯的回應。

她也立刻感覺到我的本心是對她本性的友善且純真的迴響，打從第一時間起，她便能夠安心地信賴我，對我開誠布公，不用偽裝，無須畏懼誤解或背叛。她馬上和我親近起來，這快速的程度與理所當然只有在沒怎麼墮落的年輕人身上才可能看得到的。在這之前，我雖然不時會愛上某人，但總是——尤其自從我腿傷了之後——既害羞又渴望，內心忐忑不安；而現在，愛情取代了愛戀，我眼前彷彿卸去了那層細緻的灰色面紗，世界在原初的神聖光芒中為我展開於斯，正如同孩童眼中以及我們的天堂美夢裡呈現的樣子。

那個時候歌特蘿德還不到二十歲，像棵樹苗般修長健康，未受到一般年輕女孩子家那些雞毛蒜皮瑣事所影響，如同穩定進行的旋律，按照自己本身高貴的性格發展。知道在這不完美的世界上有著這樣的可人兒存在，我內心十分欣喜，無法想像抓住她或將她據為己有，我很高興能夠稍微參與到她美麗的青春年華，而且也很高興知道自己從一開始便與她成了好友。

那晚夜裡我久久無法入眠，並非出自激情或躁亂，而是清醒著，不想睡，因為我知道我的春天已然降臨，我的心在長期隱含盼望的迷途與寒冬之後走上了正軌。我的房裡流洩著蒼茫的夜光，所有生命與藝術的目的都宛若暖風清朗的山巔，那樣清晰地近在眼前。我完整感受到了生命中遍尋不著的聲音與神祕的節奏，一直回溯到神話般的童年時光。如果要我握住這如夢的明朗與滿滿的感受，將之化為詩篇，為其命名的話，我願為它取名為歌特蘿德。我擁著這個名字入睡時，已近清晨，白天起床時，精力充沛、神清氣爽，好像睡了很長、很長一覺。

我又想起之前煩悶的思緒以及高昂的想法，知道自己那時是缺少了什麼；如今我不再困擾、不快或憤怒，耳中再度聽到偉大的和諧，再度做起天體和鳴的青春美夢，我依循一個神祕的旋律調整步伐、整理思緒與呼吸，生命又有了意義，遠方已泛起晨曦。沒有人發現這種變化，沒有人跟我夠接近，只有泰瑟，這個大孩子，他在劇院排練時推了推我，說：「您昨晚睡得很好，是吧？」我思忖著該如何讓他開心，便在接下來的休息時間問他：「泰瑟，這個夏天您要去哪呢？」他不好意思地笑了，像個被人問到結婚日期的新娘般紅了臉，然後說道：「老天爺，距離夏天還久的呢！但是您看，我已把地圖準備好在這兒了。」他拍了拍胸前的口袋。「這次要從波登湖（Bodensee）出發：萊茵河谷（Rheintal）、列支敦士登公國（Fürstentum Liechtenstein）、庫爾（Chur）、阿爾布拉（Albula）、上恩加丁（Oberengadin）、馬洛亞（Maloja）、貝爾格爾（Bergell）與科摩湖（Comersee）。回程的路線我還不確定。」

他又拿起了小提琴，調皮又喜孜孜地用他灰藍色的稚氣雙眸快速瞄了我一眼，那雙眼睛彷彿從未見過世間的汙濁與苦痛似的。我覺得自己已和他建立起手足情誼，正如同他為了自己將耗時幾星期的偉大健行之旅，以及為了能自由自在，無憂無慮地與陽光、空氣和大地為伍而感到欣喜，我也重新為了所有自己的命運之路感到歡欣，這些道路猶如在嶄新的朝陽下呈現於我面前，我願帶著明亮的雙眼與純淨的心靈，抬頭挺胸踏上這條康莊大道。

如今回想起來，所有一切已遠去，遙在彼方，但當時的亮光至今仍些許映照在我的路途上，即便它再也非青春如昔地發出喜悅光芒。直至今日，每當我輕聲唸著歌特蘿德的名字，想起當初她在她父親的音樂廳裡迎面走來，輕靈地像隻小鳥，如朋友般親切，這些仍舊是我的慰藉，在我心情沉重的時刻使我感到愉快，揮除我心中的塵埃。

我也再度去拜訪莫德，自從上次美麗的珞蒂那段令人尷尬的懺悔後，我都盡量避免去找他。他注意到了我的疏遠，但如我所料，他太過自負，也太冷漠，所以沒有來找我，因此我們已經幾個月未單獨相處了。現在，由於我心中對生命充滿了全新的信賴感以及良善的目標，再度去親近這位被疏忽的朋友，對我而言似乎特別重要。給我這個機會的是一首我譜上曲的新歌，我決定將這首歌獻給他。這首歌和他喜歡的雪崩之歌很相像，歌詞如下：

我熄了燭火，
夜從敞開的窗戶湧入，
溫柔擁抱我，與我為友，
與我為手足。

我倆同患鄉愁，
做著充滿預言的夢，
低談往日
在父親居所的時光。

我重新抄寫了一份乾淨的副本，題上：「獻給我的好友海因利希·莫德。」

我帶著副本，在確定他會在家的時候去找他。他的歌聲清楚地傳來，他在住屋寬大的房間裡來回走動練唱。他一派輕鬆地接待了我。

「瞧，是庫恩先生哪！我以為您再也不會來了。」

「怎麼會，」我說：「我這不就來了。過得好嗎？」
「老樣子。您敢再來找我，真好。」
「過去那段時間我背棄了您……」
「而且還表現得非常明顯，我也知道是為什麼。」
「我想您應該不太瞭解吧。」
「我知道的，那個珞蒂去找過您，不是嗎？」
「是，我不想談這件事。」
「也沒必要談。所以您又來了啊。」
「而且我帶了東西過來。」
我把歌譜交給他。
「喔！一首新歌！這是正確的，我還擔心您想停留在無聊的弦樂上呢！這裡還有獻詞，給我的？您是認真的嗎？」
我很驚訝他竟如此高興，我本來以為他會開這個獻詞的玩笑。
「我太開心了！」他真誠地說：「每當有正派人士認同我的時候，我都會很高興，而您的認同尤其令我開心。我已經偷偷把您列入黑名單了呢！」
「您有這種名單？」
「喔，是的，如果有這麼多的朋友，或者曾經有這麼多朋友，像我這樣……就會有厚厚一本的名錄。我對於品德良好之人總是給予最高的評價，但正是這種人，他們全都會規避我。在無賴群中每天都可以交到朋友，但在理想主義者和規矩市民之間，一旦聲名狼籍，就很難找得到朋友。目前您可以說是我唯一的朋友。為什麼會這樣呢？——最愛之物最難得手。您是不是也這樣覺得呢？對我而言，最重要的往往是朋友，但是卻只有女人會來找我。」
「關於這種狀況，您自己必須負部分的責任，莫德先生。」
「為何？」
「您喜歡像對待女人一樣對待所有人，在朋友之間這是行不通的，所以他們才會離開您，您是個自私鬼。」
「感謝老天我是個自私鬼，不過您也差不了多少，那個可怕的珞蒂去找您訴苦時，您完全不願幫她，而且您也沒有利用這個機會來改變我，針對這點，我很感激您。因為那個事件，您害怕了，也就不再來找我了。」

「現在我又來了啊，您說得沒錯，我當時是應該要幫助珞蒂的，但是我不懂這些東西，況且她自己還嘲笑我，說我完全不懂什麼是愛情。」

「那麼請您乖乖地跟隨著友誼吧！這也是一個美好的境界。現在請您坐過來伴奏，我們一起研究研究這首歌。啊，您還記得您的第一首歌嗎？在我看來，您已經漸漸出名了。」

「還好，我是永遠無法與您匹敵的。」

「胡扯！您是位作曲家，一位創作者，一位小小的上帝，名聲與您何干？我們這種人如果想要有所成就，就必須加快腳步，我們歌手和走鋼索的人就像女人一樣，要趁毛皮還光滑時上市，名聲，能有多少就要多少，還有金錢、女人和香檳！照片要登上雜誌，還要桂冠加持！這是因為一旦今天我被人討厭，或者只要得了一個小小的肺炎，明天我就完蛋了，名聲、桂冠，還有所有工作，都會飛了。」

「您可以等著看。」

「唉，您知道嗎？事實上我對變老這件事非常好奇。青春不過是一場騙局，一場報紙和書本編織出來的天大騙局！生命中最美好的時光?!鬼扯。老年人總給我一種更滿足的印象，青春是人生最苦澀的階段，比方說自殺，幾乎從沒聽過高齡自殺的吧。」

我開始彈琴，他轉向歌曲，很快便抓住旋律，並在小調轉成大調的一個重要地方，讚賞地用手肘推了推我。

正如我所擔心的，傍晚回家時，發現了一個署名尹姆多的信封，裡面寫了幾句友善的話語，還放了一份金額超過一般數目的報酬。我把錢退了回去，並寫道我不缺錢，而且我寧可他讓我以朋友的身分出入他家。當我再見到他時，他邀請我近期再次前去拜訪，並說道：「我早就想到會這樣了。歌特蘿德認為我不可以給您任何報酬，但我還是想試試看。」

從那時開始，我成為尹姆多家的常客，在很多場家庭音樂會中擔任第一小提琴手。我把所有新的樂曲都帶到那裡去，有我自己創作的，也有別人創作的，我大部分的創作小品都是在那裡首演的。

某個春日午後，只有歌特蘿德和一位女性友人在家。天空下著雨，我在屋前台階滑了一跤，因此她不讓我離開。我們聊著音樂，幾乎是不知不覺地，我開始說起創作第一首曲子的格勞賓登時期。之後我尷尬了起來，不知道是否應該在這個女孩面前自白。此時歌特蘿德有點躊躇地說：「我必須向您坦承一件事，請您莫見怪。我改編了兩首您的歌曲，並且也學起來了。」

「是嗎？您會唱歌？」我驚訝地叫道。瞬間，我莫名想起了青春期的初戀對象，那個歌藝非常差的女孩。

歌特蘿德露出愉快的微笑，點點頭：「喔，是的，我會唱歌，雖然我只唱給自己和幾個朋友聽而已。如果您願意伴奏的話，我可以唱給您聽。」

我們走向大鋼琴，她將那用細緻的女性之手娟秀改寫過的樂譜遞給我，我輕聲地開始伴奏，以便能清楚聽到她的歌聲。她開始演唱那首歌，接著又唱了第二首，我坐著聆聽，聽見我的音樂變得不一樣，彷彿被施了魔法。她的歌聲高亢、輕盈而優美飄揚，是我這輩子聽過最美的歌聲。她的歌聲猶如侵入積雪山谷中的強勁南風，鑽入我的身體，每唱一個音就剝掉一層我內心的遮蔽物，我幸福地幾乎要飄起來，但卻得努力保持鎮定，因為眼中已噙滿淚水，幾乎要看不清樂譜了。

我以為自己已經完全瞭解什麼是愛情，而且也覺得自己夠明智，懷著被撫慰了的心，以全新的視野觀看這個世界，感覺更靠近且更深入地參與人生，但是現在不一樣了，我已不再感受到透澈、安慰與喜悅，而是一場暴風與火焰，我的心發出歡呼，顫抖地將自己拋了出去，不再想瞭解人生，只想在生命的火焰中燃燒殆盡。如果現在有人問我愛情究竟是何物，我想我應該已經清楚明瞭，並且可以說個明白，愛情應該是深沉而炙熱的。

此刻歌特蘿德輕盈、幸福的歌聲高高地飄揚起來，彷彿快活呼喚著我，只想令我開心，但卻遠遠飛到了我所觸及不到的空中，幾乎變得陌生。

啊！我終於瞭解原來是這麼一回事，她想要唱歌，她想要做我的朋友，她想要展現對我的好感，但這些全都不是我所追求的，如果不能讓她完全並且永遠只屬於我一人，那我的人生便白活了，所有我的善良、溫柔、特出之處，都將沒有意義。

這時，我感覺到有隻手搭在我的肩上，我驚慌地轉過頭，凝視著她的臉，那明亮的雙眸流露出嚴肅的神情，由於我目不轉睛地盯著她，她才溫柔而緩緩地微笑起來，同時紅了臉頰。

我只能出聲道謝，她並不知道我怎麼了，只是感覺到，而且能瞭解我很受感動，她體貼地繼續像之前一樣開心又不受拘束地閒聊，不久後我便告辭了。

我沒有回家，我不知道雨是否還在下，拄著拐杖穿梭在街道上，但是那並不是走路，街道也不是街道，我乘著暴風之雲穿過翻騰呼嘯的天空，對著暴風說話，而我自己就是那暴風，我聽到從無垠的遠方傳來的媚人聲音，那是個明亮、高亢又輕盈飄揚的女聲，聲音中彷彿純粹訴說著一個人的思緒與內心澎湃的情感，但本質裡似乎又蘊含了最狂野的甜蜜熱情。

那晚，我坐在自己的房間裡，沒有開燈，當我再也忍受不了時，我出門去找莫德，當時時間已經很晚了，不過發現他的窗子一片漆黑，便又掉頭回家。我在夜色裡遊蕩了很久，終於感到困倦，當我如從夢中驚醒時，人正站在尹姆多家的花園前。圍繞著那棟隱密屋舍的老樹叢肅穆地沙沙作響，屋裡悄然無聲，黑漆漆的，雲層間到處閃爍著微弱的星光。

我等待了幾天才敢再去找歌特蘿德。這期間，一位讓我替他的詩詞譜曲的詩人寄來了一封信。從兩年前開始，我們便斷斷續續有著聯絡，時不時會收到他令人驚奇的來信，我把我的作品寄給他，他則寄給我他的詩。他在信上這麼寫著：

「尊敬的先生！您很久沒聽到我的消息了吧。這段時間我是很認真的。自從我拿到您的曲子並且瞭解了以後，眼前就一直浮現出要給您的歌詞，但卻寫不出來。現在，歌詞已經寫出來了，幾近完成，這是一齣歌劇的歌詞，您一定要譜上曲——從您的音樂可以看出您不是位非常幸福的人。我不想談我的事，但這份歌詞是為您寫的。既然除此之外沒有什麼能讓我們高興的，那麼我們就來為人們展演些美麗的事物吧！聽了這些樂章，就算感覺遲鈍的人也會瞬間明白，人生不是只有表象而已。我們其實不知道該拿自己怎麼辦才好，讓別人感覺到我們的無能為力，更令我們痛苦。

您的漢斯．H」

這封信猶如火花掉入我心中的火藥堆般，我提筆寫信索取歌詞，但已經等不及了，撕了信，改發電報。一週之後，我收到了稿子，一部短而熱情的愛情詩劇，某些地方還空著，但目前對我來說已經足夠了。我讀了文本，詩句在腦海裡盤旋，我不分晝夜吟唱著，以小提琴拉奏旋律，沒過多久，我便跑去找歌特蘿德。

「您一定要幫幫我。」我喊道：「我正在寫一齣歌劇，有三幕是以您的聲音來寫的，您想看看嗎？然後唱一次給我聽？」

她很開心地聽我敘述，翻了翻樂譜，承諾立刻就練習。接下來的日子過得熱情洋溢而忙碌，我陶醉在愛情和音樂裡，沒辦法做別的事，而歌特蘿德是唯一知道我祕密的人。我把譜子拿給她，她會練習並且唱給我聽；我詢問她的意見，演奏所有曲譜給她聽，她和我一起投入熱情，研究、演唱，提供建議與幫助，她對這個祕密，以及這個屬於我倆的創作作品，有著濃厚的興趣。沒有任何提點或建議是她無法立即瞭解或接受的，最後她自發地開始用她那娟秀的字跡幫我謄改，我則向劇院請了病假。

我和歌特蘿德之間沒有任何尷尬，我們匯聚成同一道激流，創作同一份作品，這部作品不論對她或對我，都是逐漸成熟的青春力量所綻放出的花朵，是幸福也是魔力，沒有人發現我的熱情在其中熊熊燃燒。在她眼中我和我的作品沒有差別，她愛我，也愛我的作品，她屬於我，也屬於我的作品；對我而言，愛情與工作、音樂與人生也已無所區別。有的時候，我會驚訝又讚賞地看著這個美麗的女孩，她則回應我的目光；每當我前往拜訪或離開時，她總會比我還熱情而有力地回握我的手。當我在這個溫暖的春日穿過庭院而來，進入那棟古老的建築，我並不清楚：驅動著、鼓舞著我的，究竟是我的作品，還是我的愛呢？

這樣的日子不長，而且已經接近尾聲了，我心中的火焰跳動著，完全變成了盲目的愛情願望。我坐在她的大鋼琴前，她唱著我歌劇的最後一幕，這幕的女高音部分已經完成了。歌特蘿德唱得非常動聽，在她仍盤旋在高音處時，我想到了這段熱情的日子，已然感受到它退去的光芒，覺得另一段冷清的日子必定還是會到來。她衝著我微笑，為了看譜而朝我彎下身，發現我眼中盈著悲傷，疑惑地看著我。我默默地站起身，小心翼翼用雙手捧住她的臉，親吻她的額頭與雙唇，然後又坐了下來。她安靜且幾乎是肅穆地接受這一切，既不詫異也未表示不滿，由於看到了我眼中的淚水，便伸出潤澤的手，安慰地撫摸我的頭髮、額頭與肩膀。

接著我繼續彈奏，她唱著歌，我們都沒有提起那個吻與那神奇的一刻，但兩人也都未忘記，而把它當成我們的最終祕密。

而另一個祕密我們無法再私藏下去了，現在必須要讓另一個人知道這齣歌劇的存在，請他幫忙。首位人選理當是莫德，因為我是以他來設想主角的，這個角色的狂暴特質與苦澀的熱情，完全與莫德的歌聲和性格一樣。只是我還是猶豫了一小段時日。我的作品仍舊是我和歌特蘿德之間的結合象徵，屬於她和我，帶給我們憂慮與樂趣，是一個無人知悉的花園，又或者如同一艘船，我倆單獨乘著這艘船航行在大海上。

當她發現無法再繼續協助我後，自己提出了疑問。

「誰要唱主角呢？」她問道。

「海因利希．莫德。」

她似乎很吃驚。「喔！」她說：「您是認真的嗎？我不喜歡他。」

「他是我的朋友，歌特蘿德小姐，而且這個角色很適合他。」

「是吧。」

現在我們之間多出了個陌生人。

第五章

然而，我忘了莫德的休假和遊興。他很為我的歌劇計畫高興，並答應傾力幫忙，但是他已經訂好旅行計畫，只能承諾會在秋天之前研讀他的角色。我幫他把我已經寫好的角色歌詞抄寫下來，他帶著歌詞上路，而後照例是數個月音訊全無。

於是我們爭取到了一段空檔，現在我和歌特蘿德之間已建立起良好的夥伴關係，我覺得她自從在鋼琴邊發生的那件事開始，就已然明白我心裡的想法，但是她並未多說什麼，也沒有改變對我的態度。她愛的不只是我的音樂，也愛我這個人，而且她也和我一樣，覺得我們之間存在著自然的和諧，我們都能理解、認同彼此的心性。她就這樣，在和諧與友情之中與我並肩而行，但是卻沒有熱情。有的時候我滿足於此，在她身旁平靜而感恩地過日子，但是不久之後，對她的熱情還是向我襲來，於是乎她所有展現出來的友善對我來說只是一種施捨，撼動著我的愛慾與渴望的風暴對她而言是奇怪而不快的，這令我感到痛苦。我常常勉強騙自己，試著說服自己，她之所以如此是因為她的個性較安穩平靜，但是我心裡明白這都是謊言，我對歌特蘿德的瞭解夠深切，所以知道情愛也會為她帶來風暴與危險。我常常思忖著這些，我認為如果我當時對她展開攻勢，並且用盡所有力氣把她拉向我，她應會跟隨過來，永永遠遠伴我左右。但是我懷疑她的喜悅之情，將她對我展現的溫柔與善意歸因為不堪的同情心。假設有另一個健全、外表英挺的男子，而她像喜歡我一樣喜歡他，她可能就無法維持這麼久的單純友誼關係，這樣的想法揮之不去。因此我便常常反覆想著，我願意用我的音樂，以及所有我身上的一切，來交換一條健康的腿與快活的性格。

在這段期間，泰瑟再度和我走得比較近，我的工作不能沒有他，因此他也是下一個知道我的祕密，以及我的歌劇文本與計畫的人，他謹慎地將這些樂稿帶回家研讀。當他再度來訪，那張蓄著金色鬍子的娃娃臉因喜悅與對音樂的熱情而漲紅。

「您的歌劇將會有一番作為！」他興奮地嚷著：「光是序曲，就已經讓我的指頭躍躍欲試了呢！我們這就去喝杯好酒，您太了不起了，如果您不覺得過分的話，我建議來為我們的友情乾杯，但是您也千萬別勉強呀！」

我很樂意地接受了，我們因而度過了一個愉快的夜晚。泰瑟第一次帶我回他家。前不久他將妹妹接來一起住，因為母親過世後只剩下她一個人，泰瑟不停地稱頌著在長年的單身歲月之後，家裡又多了一個人這種新境況是多麼令人愉快。泰瑟的妹妹名叫布莉姬特，是個純真開朗且善良的女孩；她像哥哥一樣，有著一雙明亮天真，又帶著喜悅的漂亮眼睛。她為我們送上蛋糕與淡綠色的奧地利葡萄酒，以及裝有維吉尼亞雪茄的小匣子。於是我們為她的健康乾了第一杯，第二杯則敬我們的友情。就在我們吃著蛋糕、喝著酒、抽著雪茄時，可愛的泰瑟心中懷著喜悅，在房裡走過來又走過去，一會兒坐到鋼琴前，一會兒坐在長沙發上抱著吉他，一會兒又拿起小提琴坐在桌角，演奏他腦海裡川流過的美妙音樂，唱著歌，他愉悅的雙眼閃耀著光芒，這一切都是要向我以及我的歌劇致敬。他妹妹顯然和他流著同樣的血液，也非常熱愛莫札特，小小的住家內飄揚著《魔笛》的詠嘆調和《唐．喬凡尼》的樂章。歌聲時而被談話或酒杯的碰撞聲打斷，哥哥用小提琴、鋼琴與吉他，或者也會單用口哨聲，為歌聲完美無瑕且準確地伴奏。

在這段短暫的夏季演出期，我還是擔任著交響樂團的小提琴手，但是提出了秋天時將離職的辭呈，因為我想將之後所有的時間以及興致都用在我的作品上。團長對我的離去非常不高興，最後還十分粗魯地對待我，但是泰瑟挺身幫我擋了下來，讓我能夠一笑置之。

在他的義氣相挺下，我完成了我的歌劇譜曲。他會凝神傾聽我的想法，也會毫不留情地指出我所犯的管弦樂配置錯誤，他常常像嚴厲的指揮一樣，惱怒地斥責我，直到我修改、刪除某些儘管我喜歡或堅持，卻也的確有問題的段落；每當我有所躊躇或懷疑，他總能信手拈來實例；對於我犯了錯或不敢冒險之處，他會帶著總譜跑來，告訴我莫札特或洛爾青[4]是怎麼寫的，說我的猶豫是一種膽怯，或說我固執得像頭笨牛。我們對著彼此大吼、爭論、發怒，如果當時我們正好在泰瑟家裡，布莉姬特會側耳傾聽，端著葡萄酒與雪茄進來，憐惜而細心地將被揉成一團的樂譜攤平。她對我的欽佩並不亞於對哥哥的愛，對她來說，我是一名大師。每個週日我都會前往泰瑟的住處用餐，酒足飯飽後，在天空尚存一抹藍意時，搭電車出遊，在小山丘上或者森林裡散步、閒話家常、高聲歌唱。這對兄妹自顧自地唱起了家鄉的約德爾調（Jodler），並不斷升高音階。

有一回，我們到一間農村小店用點心，透過敞開的窗戶，鄉村舞樂喧鬧而至，就在我們吃過東西，坐在院子裡喝著蘋果汁休息時，布莉姬特悄悄溜進房子裡，當我們注意到並開始搜尋她的身影時，看到她跳著舞從窗邊經過，清新閃耀猶如夏日的朝晨。她回到座位後，泰瑟用手指著她，責怪她應該要邀請他一塊兒跳才對。布莉姬特尷尬地紅了臉，迴避地向他眨眼示意，然後看看我。

「到底怎樣？」她哥哥問。

「別問了！」她只這麼說，但是我無意間看到她用眼神暗示哥哥注意我。泰瑟說：「這樣啊！」

我沒說什麼，但是我很驚訝地發現，原來她在我面前跳舞會覺得尷尬。我這才猛然瞭解，如果沒有我的參與，他們兩人將可以散步得更輕快且更遠，從此我決定少參與他們的週日郊遊行程。

我們將女高音的部分幾乎全部演練完後，歌特蘿德發現我因為不能再常去拜訪

4 洛爾青，原名 Gustav Albert Lortzing（一八〇一年十月二十三日～一八五一年一月二十一日），德國作曲家。

她，並與她親密地坐在鋼琴前相聚而感到痛苦，此外我又對於以這種方式繼續相處製造藉口有所顧忌。她出乎我意料之外提議，請我固定在她練唱時伴奏，於是我每週便得以有二、三個下午到她家去拜訪。歌特蘿德的父親並不反對她和我交朋友，總之他一切都聽從早年喪母而肩負起家中女主人之職的歌特蘿德。

花園裡已滿溢初夏之華，在那棟寧靜的房舍四周，處處可見鮮花與唱著歌的鳥兒。每當我從大街上踏入這座庭園，經過林蔭大道陰暗古老的石雕旁，靠近這座被綠意圍繞的房子時，總會感到彷彿進入了一處聖地，所有俗世的塵囂都只能靜悄悄地鑽入其間。蜜蜂在窗前花朵盛開的灌木叢上嗡嗡叫，陽光與輕柔的葉影灑落房裡，我坐在大鋼琴前聽著歌特蘿德唱歌，傾聽她的聲音輕鬆飄高，並不費力地迴旋轉折。當我們在一首曲子結束後相視而笑，那種感覺就好像是兄妹般地和諧而親暱。我有好幾次這麼想著，現在我只需要伸出手，就能永遠握住這份幸福，但是我始終沒有那麼做，因為我想等到她也表現出欲求與渴望。然而歌特蘿德似乎單純地滿足於此，沒有多餘的冀求，我常常覺得，她好像在懇求我不要驚動這份寧靜的和睦，也不要攪亂了我們的春天。

我為此感到失望，但是對於她深入地活在我的音樂裡，並且如此地理解我而引以為傲，這讓我感到欣慰。

這樣一直持續到六月，之後歌特蘿德隨著父親到山上去旅行，我則留在家中。每當我經過她家，看著梧桐樹後的房子空無一人，大門深鎖，我心中的痛苦又開始增長，糾纏著我入夜。

於是，我晚間就到泰瑟家去，而且幾乎手提包裡都會帶著樂譜，參與他們知足常樂的生活，喝著他們的奧地利葡萄酒，和他們一起演奏莫札特。之後我在柔和的夜色中踏上歸途，看著公園裡散步的愛侶，回到家疲累地躺入被窩，卻輾轉難眠。此時我不知道該如何像哥哥一樣和歌特蘿德相處，該如何不打破禁忌，不將她拉向我，我不願意糾纏她，也不願意征服她。我眼前浮現她身著淺藍色或灰色衣服的身影，模樣或快活或嚴肅，我聽到她的聲音，卻永遠無法理解，為什麼我過去可以聆聽她的歌聲，內心卻沒有激發出愛火與追求的欲望。我在微醺的灼熱中起身，點上燈，投入工作中，讓人聲與樂器去追慕、去祈求、去脅迫，慾望之歌反覆奏出激情的新旋律；但是，這樣的慰藉通常起不了什麼作用，我激烈而狂暴地陷入重度失眠，混亂而無意義地喃喃唸著她的名字：歌特蘿德，歌特蘿德……我拋棄了安慰與希望，絕望地將自己交給欲望帶來的可怕苦痛。我呼喚著上帝，質問祂為何創造出如此的我，為何讓我有殘缺，為何沒有給我任何一個即使極度窮困之人都能擁有的幸福，反而給了我這種在音符中翻尋的殘酷慰藉，將那不可及之物透過空洞的樂音想像一再地描繪在我的欲望面前。

白天的時候我比較可以控制自己，我會咬緊牙，從清晨便開始工作，藉著走一段長長的路迫使自己沉靜下來，沖個冷水澡振奮精神。到了晚上，為了遠離威逼而來的黑夜暗影，我逃往生氣蓬勃的泰瑟兄妹家，在那兒獲得幾個鐘頭的平靜，有的時候甚至感到近乎舒適愜意。泰瑟察覺到我被病魔與苦痛糾纏著，但是他將之歸咎於工作，並勸我要注意身體，雖然他自己對於這個工作同樣充滿熱情，而且其實他也和我一樣，既興奮又迫不及待地看著我親手寫的歌劇成長。有的時候，我也會為了和他單獨相處而前去接他，與他一同在涼爽的酒館庭院裡度過夜晚，然而就算在那，還是有雙雙對對的愛侶、夜晚的暗藍、燈籠、煙火，以及貪慾的香氣等城市夏夜常有之物使我感到不快。

當泰瑟和布莉姬特也啟程到山中度假後，我的狀況更是變本加厲。他邀我一同前往，即便我非常可能由於行動不便而壞了他的興致，他仍舊真誠邀約，但是我不能接受。我獨留在城裡兩個禮拜，無法入眠，筋疲力竭，而工作上也毫無進展。

此時，歌特蘿德從瓦萊邦（Wallis）的農莊為我捎來了一個裝滿阿爾卑斯玫瑰的小盒子。當我看到她的筆跡，取出那些已乾枯的褐色花朵時，彷彿感受到從她那動人眼眸向我投來的目光，我對自己的狂亂與懷疑感到羞赧。我體認到還是讓她知道我的近況比較好，隔天早上便提筆簡短地寫了封信給她。於是，我半開玩笑地敘述著我因為非常思念她而完全無法入眠，還有我不能再維持與她之間的友情，因為我愛她。在寫信的同時，我再次受到撼動，這封以從容而近乎玩笑的方式起頭的信，到了結尾卻變得激動、熱情。

郵局幾乎每天都送來泰瑟兄妹的問候信與風景明信片，但是他們不會料到這些卡片或短箋每次都造成我的失望，因為我期待的是來自另一人之手的郵件。

那封信終於來了，灰色的信封上有著歌特蘿德輕柔飛舞的字跡，裡面裝著一封信。

「親愛的朋友！您的來信讓我困窘。我看得出來，您正在挨苦難過，否則我一定會罵一罵您，因為您使我受到驚嚇。您知道我有多麼喜歡您，但是我喜歡現在的狀態，無意改變。倘若我發現我可能會失去您，我願意用盡一切辦法留您在我身邊，但是我無法回應您熱情的來信。請您有點耐心，就讓您我的關係維持以往，直到我們再度相見並且可以面對面交談之時，那麼事情將會簡單得多。以友誼為名。

您的歌特蘿德」

這封信沒有帶來什麼改變，但我卻覺得好多了，這可是她捎來的問候，她容許我對她求愛，並沒有回絕我。她的來信同樣也透露出她的些許性格，她那近乎冷靜的明確態度，取代了由我的慾望塑造出來的她的形象，她本人再度站在我的想像之前。她的眼神向我求取信任，我感覺她就在身邊，羞恥感與驕傲油然而生，使我戰勝那磨人的苦痛，遏止住燃燒的慾求。我得到的不是慰藉，但是我卻能堅強而勇敢地挺起胸膛。我帶著工作住進一間離市區約一兩個小時路程的鄉村酒館，常常坐在一株花朵已凋謝了的丁香樹影下思考著，同時對自己的人生感到驚訝。我是多麼孤獨而疏離地走著自己的路，不知該何去何從！沒有在任何一個地方扎根，也沒有在哪裡有家的感覺；和父母之間只透過禮貌的書信往返維持著表面上的往來；為了追隨那可怕的創作幻想，我放棄了我的職業，而那些空想卻不能使我感到滿足。我的朋友並不瞭解我，歌特蘿德是唯一能夠完全理解我、可能與我全然契合作伴的人。而我的工作，那些我為其而活的事物，賦予我人生意義的事物，都是在追尋幻影或建造空中樓閣啊！這些東西真的有意義嗎？可以合理化一個人的人生，並且使之充實嗎？而一行一行堆疊的音符以及幻想出來的激昂演奏，在最好的狀況下可以幫助他人暫時感受到安適與愜意嗎？

儘管如此，我又再度還算認真地工作，在我心中這齣歌劇已經在這個夏天完成了，即使外在看來還缺少很多、只寫了一點點而已。有的時候我又會變得非常開心，自負地想像著我的作品將會如何虜獲眾人的心，歌手、樂者、樂團和合唱團團長都要按照我的意志行事，而我的意志又將對數千人產生影響力；有的時候，我又會近乎陰陽怪氣地認為，所有這些感動和力量都是來自一個孤獨可憐人的痛苦夢境與幻覺，所有人都同情這個人。偶爾我會失去勇氣，認為自己的作品永遠不可能演出，一切都是假的，都是誇耀罷了。不過這樣的情況並不多，基本上我對自己作品的生命力與能量相當有自信，它既真誠又熱情，它是經驗的體現，是血管裡流動的熱血，即便今天我再也聽不到它的旋律，寫下的是完全不同的樂曲，那齣歌劇還是擁有我所有的青春；如果當中的節拍再度與我相逢，我依然會覺得，迎面而來的是從青春與熱情的寂寞山谷吹來的春之暖流啊！當我想到作品所有的熱情與力量都是源於軟弱、貧乏與慾望的內心時，我已經弄不清當時的人生，抑或連現在的人生也一樣，究竟是喜是悲了。

夏天進入尾聲，一個昏暗的夜裡，我在狂亂、激烈泣訴的傾盆大雨中完成了序曲，到了早上，變小的雨勢冰冰冷冷，天空一片灰濛濛，園裡染上秋意。我收拾行囊，搭車返回城裡。

所有我熟識的人當中，只有泰瑟和他妹妹已經回來了。他們倆看起來被山上的太陽給晒得黝黑，顯得神采奕奕，旅途中一定有非常多體驗，不過他們還是又關心又焦急地想看看歌劇進行得怎麼樣了。我們一同檢視了序曲，泰瑟把手放在我的肩頭，對著他妹妹說：「布莉姬特，你看看，這真的是一位了不起的音樂家啊！」此時我的心中升起一種肅穆之感。

儘管滿懷思念與興奮，我仍信心滿滿地期待歌特蘿德回來，我會讓她看到一件佳作，而且我知道她會對它感同身受，就像是她自己寫的一樣理解它、享受它。我最擔心的是海因利希·莫德，他的幫助對我而言是不可或缺的，我已經幾個月沒有聽聞到他的消息了。

終於，他現身了，而且還是在歌特蘿德回來之前。某天上午，他來到我的房間，盯著我的臉看了許久。

「您看起來真糟，」他搖著頭說：「難怪啦！要寫這些東西！」

「您仔細看過您的角色內容了嗎？」

「看過？我都已經背下來了，只要您想聽，我還可以唱給您聽。這音樂真是要命！」

「您的意思是？」

「您將會明白的。您最美好的時光已經開始了，您等著看！只要這齣歌劇一上演，您會更上一層樓，聲名大噪的。好啦，這是您的事情。我們什麼時候要練唱？我可能還是要做一些注釋。您整齣戲的進度到哪了呢？」

我把可以看的部分拿給他看，他立刻帶我回到他的住所，在那裡我首次聽到他演唱這個角色——這個當初在自己澎湃的熱情中、總是想著他而刻畫的角色，同時感受著來自我的音樂以及他的聲音的力量。直到這一刻，我才能夠在腦海中預見整齣歌劇搬上舞台的模樣；直到這一刻，我自己的創作火焰才向我迎面襲來，我感受到它的熱度，它不再屬於我，不再是我的作品，而擁有了自己的生命，它就像某個外來的力量影響著我。我首次感受到作品與創作者分離，以前我從來就不相信這種事。我的作品開始站在那裡，自己動起來展示生命，剛才它還在我的手中，現在卻已經不再屬於我，就像孩子長大成人離開父親獨立生存，靠自己的雙手掌握力量，自主地以陌生的眼神看著我，但是它的額頭上依舊註明著我的名字與我的標記。之後歌劇正式上演時，我同樣感受到了這種既分裂又時而令人震驚的感受。

莫德將這個角色詮釋得很好，而他想要修改之處，我也非常贊同。他好奇地問到那個他還一知半解的女高音角色，想知道我是否已經找到演唱的歌唱家了，於是我以冷靜且不引起注意的方式，首次告訴他歌特蘿德的事。他聽過這個名字，但是沒在尹姆多家出入過，他聽到歌特蘿德已經練習過這個角色，並且可以演唱時，感到很驚訝。

「那麼她一定有副好歌喉，」他讚賞地說：「又高亢又輕盈，您是否願意為我引薦呢？」

「這正是我想拜託您的，我希望能聽幾次您和尹姆多小姐一起演唱，應該會有需要修改的地方。等他們一回到城裡，我就去請示。」

「庫恩，您還真是個幸運的人啊！在管弦樂曲部分又有泰瑟幫忙，您等著看，這齣劇一定會成功的。」

我沒說什麼，我的腦子裡還沒有空間去想未來以及歌劇的命運，我得先把它完成才行。但是自從我聽過莫德的演唱後，我也相信這部作品所擁有的能量。

我向泰瑟提起這件事，他嚴肅地說：「這我相信。那個莫德很有爆發力，只要他不這麼輕率就好了，他從沒為音樂做過些什麼，都只是為了他自己而已，他不管做什麼都很莽撞。」

那天，我穿過帶著秋意的庭院，在葉片逐漸開始凋落之時，來到尹姆多公館，想拜訪終於回來的歌特蘿德，我的胸口躁動不安，她變得更美麗、更亭亭玉立、而且皮膚微微晒黑了，她微笑著迎接我，與我握手。她那美妙的聲音、明亮的雙眸以及她整個人，那高雅而開朗的態度立刻讓我再度陷入過去的魔法，我幸福到忘卻了煩惱與情慾，能夠重新待在聖潔的她身邊，令我感到愉悅。她讓我覺得自在，我未能找到機會提起我的信以及請求，她也對那些事保持沉默，但並未露出任何我們的友誼出了問題或岌岌可危的神情。她並未試著抽身離開我，仍然時常和我獨處，她相信我會尊重她的意願，除非她自己鼓勵我，我不會再度提出追求之意。我們刻不容緩地練唱了我在這幾個月的成果，我告訴她莫德將會唱他的角色，還有他對那個角色頗為稱讚。我請求她准許我帶莫德過來，因為我一定得聽到兩位主角一起排練。她同意了。

「我不是非常樂意，」她說：「您也知道的，我從來不在陌生人面前演唱，在莫德先生面前又更加為難，這不僅僅是因為他是個有名的歌手，他有些地方，至少是在舞台上，讓我感到害怕。不過我們看看吧，應該沒問題。」為了不讓她更害怕，我不敢為我的朋友辯護，也不敢稱讚他，我深信經過首次的嘗試之後，她將會樂於與他一同演唱的。

幾天之後，我和莫德搭車赴約，男主人非常客氣而冷淡地接待我們。他不反對我經常來訪並親近歌特蘿德，如果有人提醒他得留意，他應該會一笑置之，但是他對於現在又加上莫德這件事，顯得不太高興。莫德表現得彬彬有禮，尹姆多父女倆似乎感到很意外，這位被認為粗魯又自傲的歌唱家舉止合宜，而且也不自負，言談真誠而謙遜。

過了一會兒，歌特蘿德問：「我們要唱唱看嗎？」，於是我們起身走進音樂室。我坐到鋼琴前，概略地敘述一下序幕與場景，做了些解釋，接著便請歌特蘿德開始演唱。她唱得拘謹而小心翼翼，聲音也不太大，但是莫德卻不一樣，輪到他的時候毫不猶豫也沒有保留地大聲演唱，吸引住了我和歌特蘿德，帶著我們陶醉其中，於是歌特蘿德也開始放膽地唱。慣於在豪華房舍中從容不迫地與女士們交際的莫德，這才開始注意歌特蘿德，仔細聆聽她的演唱，真誠、毫不誇張而友善地讚美她。

從這一刻起，所有拘束都消失了，音樂讓我們成為朋友，使我們同心；而我那部結構仍然鬆散、尚未具備全部生命力的作品，在我心中越來越密切地結合在一起。此刻我知道作品最主要的部分已經完成，沒有什麼重要的元素會被破壞了，我覺得整個作品很好。我沒有掩藏我的喜悅，感動地向兩位摯友道謝。我們歡欣鼓舞地離開尹姆多家，海因利希．莫德帶我來到他常去的酒館，享用臨時起意的慶功宴，在香檳酒的伴佐下，他用從來不願使用的「你」來稱呼我，而且就一直保持這種稱呼，我很高興，便隨他繼續這樣的稱呼。

「我們歡樂慶祝，」他大笑：「而且我們先慶功是對的，因為那是最美好的。之後情況就會不同了，你現在進入劇場的光環中了，小子。我們來乾一杯，願你不會像多數人一樣沉淪。」

對於莫德，歌特蘿德仍然有一段時間保持著畏怯，只有在歌唱時才會在他面前卸下心防，表現得自在。莫德則很小心自制，漸漸地，歌特蘿德變得很高興看到他來訪，而且也會和對我一樣，大方友善地邀他再次光臨。我們三人單獨聚首的時間變少了，劇中角色的部分都已演練過、也討論過了，尹姆多公館裡又開始冬季定期舉辦的音樂之夜，莫德現在也是該活動的常客，但是他並沒有參與表演。

有的時候我感覺到歌特蘿德開始疏遠我，與我稍微保持距離，但是我總是責罵自己不該有這種想法，對自己的猜疑感到羞恥。我看著歌特蘿德肩負起一個交遊廣闊家庭的女主人之職，在賓客中如此纖柔、高貴而丰姿綽約地走動與掌握狀況，看到這樣的她，我常常覺得很愉快。

這幾週對我來說流逝地相當快，我專注於工作，想要盡可能在這個冬天把作品完成。我會和泰瑟碰面，在晚上去拜訪他和他妹妹，此外還有各式各樣的信件往返與邀約，因為到處都有人唱我的歌，我寫的所有弦樂曲也在柏林演出了。開始有人詢問，報紙上也出現評論，突然間似乎每個人都知道我正在寫一齣歌劇，雖然我本身除了歌特蘿德、泰瑟兄妹以及莫德之外，沒向任何人提過這件事。現在也無所謂了，這些成功的跡象基本上是令我高興的，看來我的面前終於——其實也算夠早——出現了一條康莊大道。

我已經一整年沒回家探望父母。聖誕節時我回去了。母親很和藹，但是我們之間的歧見依然存在，我害怕不被理解，而母親則是不相信我的藝術工作，對我追求理想的認真度抱持懷疑。母親熱絡地說著那些她所聽到的、看到的關於我的消息，但是與其說她相信那些，不如說是為了讓我高興，因為她根本不相信這種表面上的成就，正如同她不相信我所有的藝術一樣。她並不是不喜歡音樂，以前也唱過一些歌，但是音樂家在她的眼中始終都是貧窮寒酸的；再者，她雖然聽過一點我的音樂，但不是不理解，就是不認同。

父親比較相信我。身為商人的他首先想到的是我的生活。雖然他充裕地資助我，從未抱怨，而且甚至在我離開管弦樂團後，再度負擔起我所有的生活費，但他還是樂意看到我開始賺錢、有希望可以靠自己的收入過活，即便手邊握有財富，但他認為這才是坦蕩活著的基礎。附帶一提，他在我回家的前一天摔傷了腳，現在還躺在床上。

我知道父親喜歡帶點哲學性質的話題，所以我比以往更親近他，高興地聽他述說那些經驗豐富又實用的生活智慧。我向他訴說了一些我的煩憂，這是我以前因為害臊而從來沒做過的事。這時，我腦海裡浮現出一句莫德的名言，便說給父親聽。莫德曾經說過——雖然不是認真的——他覺得青春年華是人生中最痛苦的一段時光，他認為年長的人多半比年輕人來得快活且知足。父親笑了，想了一下說：「我們老人當然會說正好相反，但是你的朋友還是察覺了某種程度上的事實。我認為人生可以清楚地區分出年少與年老，青春止於為自己而活，年老始於為他人而活，我的想法是這樣的：年輕人經歷很多生命中的享受與煩憂，因為他們只為自己而活，每一個願望和念頭都很重要，盡情享受每一分歡樂，即便苦痛亦然。有些人看到自己的願望無法實現，就會立刻放棄自己的生命，這就是青春。但是對於大部分的人而言，他們會遇到另一段時期，此時他們會更想要為其他人而活，原因並非出於道德情操，而是一種自然的表現，大多數人會這樣是因為有了家庭。有了小孩後，就會較少想到自己和個人願望，有些人則是由於投身工作、政治、藝術或科學等領域而不再自私自利。年輕人想玩樂，年長者想工作。沒有人會為了想要小孩而結婚，但是有了小孩之後，小孩會改變他，最後他將發覺，所有事情都是為了孩子。這與年輕人雖然喜歡談論死亡、卻從不曾想到死亡有關係，而年長者則剛好相反；年輕人相信自己可以長命百歲，所以可以為自己擘畫各種願望和想法，但是年長者卻已經意識到，生命將會有走到盡頭的一天，而那些為了自己所有的或所做的事，到了最後都將成為灰燼，沒有任何意義。因此，他需要另一種永恆，相信自己不只是像個螻蟻工作，而是為了妻小、事業、職務以及祖國，如此一來他便能理解，這日復一日的血汗與辛勞都是為了誰。此外，你的朋友還有一點是絕對正確的，就是當人為了別人而活時，是會比為自己而活還要感到滿足的；只是，老年人不應該因此而過分自認為英雄，因為那不是什麼英雄氣概；最好的長者還是會由最富熱忱的年輕人轉變而來，並不會是那些還在讀書時行為舉止就像個老頭子一樣的人。」

我在家待了一個星期，常常坐在父親床邊，他是個不安分的病患，不過除了腳上的一點小傷外，他全身健康且充滿活力。我向父親坦承自己很遺憾沒有早點好好和他相處與親近，不過他認為那是互相的，而且現在才親近會讓我們未來的關係更美好，倘若我們太早嘗試去理解對方，通常都不會成功。他小心翼翼地好意詢問我和異性交往的狀況，我不想提起歌特蘿德，其餘都簡單坦承帶過。

「別難過，」父親微笑著說：「你有成為一個好丈夫的條件，聰明的女孩很快就會看出這一點。不過你要小心很窮困的女孩子，她們可能只是貪圖你的財富，如果你找不到理想的或是喜歡的女孩，那也不要絕望，年輕人之間的情愛和漫長婚姻當中的情愛是不一樣的。年輕的時候想到的都是自己，只關心自己，然而一旦建立了家庭，就會有其他值得關心的事情。我自己也是這樣，你應該知道，我深深愛上了你母親，我們真的是因為愛而結婚的。但是那樣的感情只持續了一、兩年，接著愛情就消失了，不久後連最後一點情愛也都要磨光了，我們杵在那兒，茫然無措，這時我們有了孩子，就是你那兩個後來早夭的姊姊們，我們有了可以操心的對象。因此我們對彼此的要求變少，疏離感再度消失，突然愛意又出現了，但不是過去的那種情愛，而是另一種完全不一樣的情感。從此，這份愛就這樣不需要修補什麼，持續下去超過了三十年。並非所有因為愛情而結合的婚姻都會這麼美好，甚至可以說非常少見。」

雖然這些觀念對此刻的我來說沒什麼用，但是我很高興能與父親建立起新的友好關係，讓過去幾年來保持近乎冷漠態度的我又開始眷戀故鄉。當我再度動身離家，對於這次返鄉一點也不覺得懊悔，我決定將來要和老人家維持良好的互動。

由於工作和管弦樂團巡迴演出的關係，我有一段時間無法造訪尹姆多家，當我回來之後，發現莫德已經成為尹姆多公館最常受邀的賓客之一，而以前他只有在我陪同下才會前往。老尹姆多待他依舊冷淡，還有點不友善，而歌特蘿德則似乎和他變成了好朋友，我相當樂見於此，沒有理由要嫉妒，我深信像莫德與歌特蘿德這麼不相像的兩個人，他們會對彼此感興趣、互相吸引，但是不可能互相滿足並愛上對方。因此當他伴著她歌唱，兩人美妙的聲音交織，我絲毫未有一點猜疑。他們兩人外表都很好看，修長而挺拔，他沉鬱嚴肅，她開朗活潑。然而，最近我偶爾會覺得她似乎在努力維持那與生俱來的開朗，有的時候顯得很疲倦而陰鬱。她常常神情嚴肅且含有試探意味地凝視著我，帶著關注與好奇心，像個抑鬱且受了驚嚇的人般與我對望；當我向她點點頭，以愉悅的眼神回應時，她才慢慢地回神，努力擠出微笑，我看在眼裡感到心痛。

但我察覺這種狀況的次數並不多，歌特蘿德大部分時間看起來還是像以前一樣開朗、耀眼，因此我把觀察到的狀況當成錯覺，或是她一時不適而已。只有一次我真的大吃一驚，當時一位尹姆多家的友人正演奏著貝多芬，她坐入昏暗一隅，以為誰也不會注意到她。稍早她在明亮的燈光下接待客人時，看起來仍清新開朗，現在卻陷入沉思，顯然對音樂充耳不聞，任臉上的表情自然顯現，神情疲累、害怕又膽怯，彷彿一個受驚迷惘的小孩一樣。她就這樣持續了幾分鐘，當我注意到的時候，我的心幾乎停止了跳動。她正承受著痛苦，光這樣就已經夠糟了，令我憂心的是，她還在我面前強顏歡笑，對我隱瞞這一切。演奏結束後，我立刻靠向她，在她身旁坐下，和她聊一些瑣事。我以輕鬆詼諧的語調說，她這個冬天很忙碌，連我都分不到她一點關愛的眼神。接著我提起春天的時光，當時我們一起演奏、演唱與討論我歌劇開頭的部分。

她說了：「是啊！那真是一段美好的時光啊！」之後便不再說話，但這也算一種表白，因為她在說這句話時顯得很真誠，我從中看到了自己的希望，由衷地感謝她。

我很想再向她提一次夏天問過的問題。她性情的轉變以及時而展現在我面前的拘謹與膽怯不安，我自以為是地認為那是對我有利的徵兆。看到她少女的尊嚴似乎受挫而努力堅強時，我深受感動，但是我並不敢說些什麼；我對她的不安感到抱歉，覺得應該要謹守我那沉默的約定。我從不知道該怎麼和女性往來，犯下了與莫德相反的錯誤：我對待女性像對待朋友一樣。

由於我無法將自己的感覺一直認定是一種錯覺，對於歌特蘿德態度的改變也不甚瞭解，因此我克制自己，減少前往拜訪的次數，避免和她親密交談，我想要保護她，不讓她更膽怯害怕，因為她似乎還受著苦，內心衝突著。我認為她察覺了我的態度，對我的保持距離並未不悅。我希望隨著冬天與熱絡的交際活動結束，我們能再擁有一段平靜而愉快的時光。我願意等待，直到時機來臨。不過有時我非常同情這個美麗的女孩，而且不自主地漸漸不安起來，莫名感受到空氣中飄著不對勁的分子。

到了二月，我殷殷期盼春天的到來，忍受著這種緊繃狀態。莫德也很少到我那去，因為他這個冬天辛苦地參與歌劇演出，而且最近剛收到兩家大型劇場重金禮聘的邀約，他還在抉擇中。他似乎已經沒有情人了，至少自他和珞蒂分手後，我沒有在他身邊看到任何女性。

不久前我們幫他慶生，之後就沒見過他了。

現在我急需見他一面，歌特蘿德與我之間的關係變化、我的工作過量以及冬日倦怠等事使我難受，因此想再找他聊一聊。他為我端上一杯雪利酒，聊了些戲劇演出的狀況，但卻顯得很疲累，精神渙散且意外地溫柔。我邊聽邊環顧房內，正想問問他還有沒有前往尹姆多家時，瞥見桌上躺著一個有歌特蘿德字跡的信封。在我還沒來得及思考之前，心中升起一股顫慄與苦澀。那可能是一封邀請函，或是普通的禮貌信函，即便我寧願這樣想，但是卻不這麼認為。

我勉強保持冷靜，不久便離開了。雖然不願意接受事實，但我已經明白一切。那可能只是一封邀請函、一件小事或一個偶然——但，我知道並非如此。我忽然看清一切，意會了過去這段時間發生的事情。我雖然打算再求證、再等等，但這些想法說到底全都只是藉口和逃避，利箭其實已刺傷了我，傷口已經流血化膿。我回到家裡坐在房內，茫然無感慢慢被一種可怕的透澈領悟取代，冰冷地穿淌過我的身體，我覺得我的人生毀了，我的信仰和希望灰飛湮滅。

幾天以來，我既不流淚也不感到痛苦，未經思考便決定走上絕路，更確切地說，我的求生意志已經蕩然無存了。我決定死亡就像必須完成一件非做不可的工作一樣，並未想到做這件事是否愉快。

在死之前，有些事我一定得釐清，而我也真的去做了，其中最重要的就是拜訪歌特蘿德，某種程度上是為了能夠明明白白，為了印證自己的感覺。莫德或許也可以給我答案，但我沒有勇氣去找他，即便他的錯似乎比歌特蘿德輕些。我去找歌特蘿德，但沒見到她；改日再去，和她與她的父親閒聊了幾分鐘後，她父親以為我們要演奏音樂，留下我們起身離去。

這會兒，她獨自面對著我，我好奇地再次凝視她，她變得有些不一樣，但依舊美麗如昔。

「不好意思，歌特蘿德，」我堅定地說：「我必須再次為難您。夏天的時候我寫過一封信給您，我現在可以得到回覆嗎？因為我要出發去旅行，也許會離開很長一段時間，不然我願意等到您自己……」

看她的臉色變得蒼白，吃驚地看著我，我便幫她把話接下去：「您想說不，是吧？我已經料想到了，我只是想確認一下。」

她悲傷地點點頭。

「是海因利希吧？」我問。

她又點了點頭，突然驚慌地抓住我的手。

「請您原諒我！也請您不要傷害他！」

「我根本沒有要這麼做，請您冷靜。」我說著不由得笑了，因為我想起被他毆打的瑪莉安和珞蒂，她們也是這樣惶惶不安地愛著他。也許他也會打歌特蘿德，摧毀她所有美妙的尊嚴以及自信的性情。

「歌特蘿德，」我又開口說：「請您再想想吧！這不是為了我，因為我已經瞭解狀況了！但是莫德不會讓您幸福的，再見了，歌特蘿德。」

我的冷靜沒有動搖，直到歌特蘿德用與珞蒂相同的口吻和我說話，神情極為哀傷：「您別就這樣走了，您不該這樣對我！」我的心碎了，我必須很努力，才得以保持冷靜。

我伸手與她握了握手，說：「我不想害您痛苦，也不想傷害海因利希，但是您等著看吧，請您不要被他控制住了，他會摧毀他所愛的一切的。」

她搖了搖頭，放開我的手。

「再見！」她輕聲說：「我沒有錯。請您好好惦念著我，也惦念著海因利希！」

事情結束了，我返回家中，繼續像工作一樣處理事務。這段期間，痛苦幾乎讓我窒息，讓我的心淌血，但我卻像遠方的旁觀者看著一切，沒有心思多想，在這殘存的幾天或幾個鐘頭內過得好不好對我來說都已經無所謂了。我整理了我那堆進行到一半的歌劇譜，寫了一封信給泰瑟，希望這部作品盡可能保留下來；此外，我努力思考著自己該如何赴死。我希望不要傷害父母，但是我想不到任何能達到這個目的的死法。到了最後，這些也不是太重要了，我決定用手槍自盡。所有這些問題都只是隱約而不真實地浮現在我面前，只有一個念頭是確定的，就是我無法活下去了，因為在那決定的冰冷深淵背後，我預感到了繼續活下去的可怖，它透過空洞的眼厭惡地看著我，遠比黑暗且相當漠然的死亡想像還要更醜陋可怕。

隔天午後，我該辦的事都處理好了，我想再進城走走，還有幾本書要還給圖書館。知道自己晚上就要死了，我感到很平靜。好像是一個出了意外的人，半麻醉地躺著，感覺不到痛楚，但卻能料想到恐怖的苦痛；現在這個人只希望，在那已知的痛楚真正爆發之前，能沒入無止境的無意識狀態。這就是我的心情。我承受著磨人恐懼超過了真正的痛楚，一旦恢復意識，便必須一口飲盡那杯取我性命的毒藥。因此我加快步伐，辦完事情立刻跑回家。途中我繞了遠路，只為了不要經過歌特蘿德家，因為我不用想就能料到，只要一看到那棟房子，那些我意欲逃離的無法承受之苦或許就會向我襲來，將我擊倒。

就這樣我回到住的地方，鬆了口氣，開啟大門後，即刻不容緩地踏上階梯，放下了心。如果現在還有痛苦跟在我後面，向我伸出利爪，如果現在恐怖的痛楚開始在我內心某處翻攪，我和獲得解脫之間只差幾步路、幾秒鐘而已了。

一個穿著制服的男人迎面從樓上走下來，我閃開，急著從他身旁經過，深怕會被攔下來。他脫下帽子，喚出我的名字，我踉蹌地看著他，被叫住，停下來，我害怕的事情發生了，我驚恐萬分，突然感到極為困倦，幾乎要昏厥，似乎無望走那最後幾步到達我的房間。於此同時，我痛苦地盯著這個陌生人，整個人感到無力而在階梯上坐了下來。他問我是不是病了，我搖搖頭，他把手中一直握著的某個東西遞給我，我不想拿，於是他近乎強迫地塞進我手中。我揮手拒絕，說：「我不要。」

他叫喚女房東，女房東不在。他從腋下攙住我，想扶我上樓，眼看無法掙脫，而且他不會讓我一個人待在那裡，我又感覺到自己有力量站起，便爬上我的房間。我感覺到跟著我進房的他似乎有疑慮地看著我的樣子，於是我指了指那瘸了的腿，裝出疼痛的模樣，他相信了。我翻翻錢包，給了他一馬克，他道了謝，還是堅持把那個我不想收的東西塞進我手裡，那是一封電報。

我筋疲力竭站在桌旁，思考著，這下我被人給攔了下來，要做的事被打斷了。那是什麼？一封電報，是誰傳來的？無所謂，跟我沒關係。這個時候給我一封電報還真是殘忍，我所有的事都辦完了，卻在最後這節骨眼上還有人派電報給我。我環顧四周，還有一封信也躺在桌上。

我把信塞進口袋，它無法擾亂我。但是那封電報卻折磨著我，糾纏著我的思緒，破壞了我的防線。我坐在它面前，看它躺在那兒，思考著要不要看它。無庸置疑，它侵犯我了的自由，有人試著要擾亂我，不願讓我逃離，要我承擔我的痛苦，受盡煎熬，不讓我脫離任何一分啃嚙、刺擊與抽搐。

我不知道為什麼這封電報會讓我這樣。我坐在桌旁許久，不敢拆開它，覺得其中潛藏著一股力量，將使我再度退縮，逼迫我承受那些我無法承受並企圖擺脫之事。最後我還是把它拆了開來，顫抖著手，彷彿得從一種不熟悉的陌生語言翻譯出內容般，只能慢慢地辨識內容。裡頭寫著：「父病危，速回，母。」我逐漸理解電報裡的意思了。昨天我還想到我的父母親，遺憾著將會傷他們的心，但那只是表面上的顧慮而已。現在他們提出了反駁，把我拉了回去，行使他們的權利。我立刻想起聖誕節時和父親的對談，他說由於自私與獨立感，年輕人會因為一個無法實現的願望捨棄自己的性命，但是一個和他人的生命有所聯繫的人，知道不能為了自己的欲望而走上絕路。我現在就是牽連在這樣的關係裡，父親危急地躺在病床上，母親孤零零地陪著他，她呼喚著我。一時間，父親的死和母親的困境還無法攫住我的心，我知道還有更巨大的苦痛等著我，但是我意識到現在不能再把自己的問題加諸到他們身上，不能推開他們不理會他們的請求。

傍晚時，我已在火車站整裝待發，無意識但仍確切地做著該做的事，接過車票，收起找回的錢，走到月台上，上了火車。我知道這將是一趟漫長的夜車之旅，便坐進角落裡。一個年輕人上了車，環顧四周，向我打了聲招呼，在我對面坐了下來。他問了我問題，而我只是盯著他看，腦子裡什麼也不想，只希望他讓我一個人坐在那裡。他咳了一聲站起身，拿著黃色的皮質提袋去找別的位子。

火車穿過夜色盲目地瘋狂奮力馳行，和我一樣麻木而認分，彷彿會錯過了什麼或急於挽回什麼。幾個鐘頭後，我把手伸進口袋，碰到了那封信。我邊想著：還有這封信，邊拆開了它。這是我的出版商寫來告知我音樂會與報酬的信，他說情況順利並且頗有進展，有位慕尼黑著名的評論家寫了一些關於我的評論，他向我道賀。信中還附上一張剪報，那是一篇印有我的名字以及頭銜的文章，內容長篇大論，侃侃而談現今音樂的狀態以及華格納與布拉姆斯，接著是一則關於我的弦樂作品與歌曲的評論以及滿滿的誇讚與祝福。在我閱讀著那又小又黑的字母時，我漸漸明白這是在寫我，世界與榮耀向我伸出了手。那一剎那，我笑了。

但是，那封信和文章解開了我眼前的束縛，我意外地回頭看了一眼這個世界，發現自己沒有消失也沒有沉淪，而是身處其中、屬於其中的。我必須活下去，必須讓自己忍受下去，但是該怎麼做呢？啊！五天前的情景，那些我只能麻木地感覺到並且想要逃離的事，現在又再度浮現，一切都讓人覺得噁心、痛苦與羞恥。所有事物在都宣判死刑，但是我沒有行刑，我不可以讓它成真了。

我聽見火車隆隆作響，打開窗看見近處蜷縮的黑暗呼嘯而過，伸著黑色枝椏的哀傷禿樹，以及大屋頂下的農舍與遠方的丘陵，一切都顯得了無生氣，吐露著痛苦與憎惡。其他人可能覺得美妙的事物，對我卻只剩哀淒，我想起一首歌：「這是上帝的旨意嗎？」

無論我多麼努力嘗試觀看窗外的樹木、田野與屋頂，無論我多麼專心傾聽車輪的節奏，無論我多麼用力抓住腦海中的任何一件遙遠事物，企圖不帶絕望地想見一切，都不可能了。我也幾乎無法想起父親，父親隨著樹木、黑暗地帶一起墜入遺忘之中，我的思緒違背了我的意志與努力，回到了它不該出現的地方，那裡有一座古木扶疏的庭院，院中矗立著一幢房舍，門前種植著棕櫚樹，牆面掛滿老舊的畫作，我像影子一般走進院裡，登上階梯，穿過所有舊畫，沒有人看到我。那裡有一位高眺的女士背對著我，一頭暗金色秀髮。我看到他們倆，她和他，擁抱著彼此，我看到我的朋友海因利希．莫德帶著他那偶爾露出的微笑，是那麼地憂鬱又殘酷，彷彿他已經預知他也會糟蹋、虐待這名金髮女子，彷彿他無法不那麼做。讓這個可憐的加害者抱得這位最美麗的女子，使我所有的愛與善意徒勞，這既愚蠢又沒有意義。但是木已成舟，即使既愚蠢又沒有意義。

我從一種睡眠或無意識狀態中醒來，看見窗外破曉時分蒼白漸亮的天色。我伸展了僵硬的四肢，感覺清醒與畏懼，眼前浮現的事物陰鬱而沉悶，此時我首先想到了父親和母親。

清晨的天色仍然灰濛濛，我看見家鄉的橋與房舍逐漸接近。車站的臭氣與喧囂讓我深深感到疲憊與厭惡，幾乎不願下車。我拎起簡便的行李，搭上下一輛車。車子行駛過平坦的柏油路，接著穿過有點結冰的泥地以及顛簸的石子路，最後在我家寬敞的大門前停了下來。我從來沒見過這扇門是關著的。

此時它卻緊閉著，我感到困惑又驚慌，拉了拉門鈴，卻沒有人過來應門。我站在屋子前面抬頭往上看，彷彿身處一個難受又詭異的夢，夢裡所有的一切都上了鎖，要進去必須要爬上屋頂。馬車伕詫異地看著並等待著，我不安地走向另一扇我不常走的門，我已經好幾年沒使用這個出入口了。這扇門是開著的，門後是我父親的辦公室，我走了進去，裡面一如往常坐著身穿灰色西裝的職員，屋內安靜，布滿灰塵，職員們在我進門時起身致意，因為我是繼承人。看起來和二十年前沒有兩樣的會計克雷姆鞠了個躬，憂傷又疑惑地看著我。

「大門為什麼鎖著？」我問。

「沒有人在家。」

「我父親在哪兒呢？」

「在醫院裡，夫人也在那兒。」

「他還活著嗎？」

「他今天早上還活著，不過大家在等……」

「嗯。到底怎麼一回事？」

「什麼？啊，我懂了，還是腳的毛病。我們都認為是治療疏失，老爺的腳突然痛了起來，痛得他慘叫，於是他就被送進醫院，現在已經變成敗血症了，我們是昨天下午兩點半發電報給您的。」

「我收到了，謝謝。麻煩您現在儘快讓人給我一塊奶油麵包和一杯葡萄酒，還有備妥馬車。」

職員們動了起來，彼此輕聲交談著，隨後又歸於平靜。接著，有人遞給我一個盤子和一個玻璃杯，我吃了麵包、喝完酒，便坐上馬車，馬匹還喘著氣。不久後，我人已站在醫院的入口處，帶著白色帽子的護士與身著藍條紋亞麻套裝的看護員在走廊上穿梭。我被帶領進入一間病房，抬頭望見掛著淚珠的母親，以及躺在一張鐵製矮床上的父親。父親變了，看起來很瘦小，他那灰色短髭怪異地豎起。

他還活著。他睜開眼睛，雖然發著燒仍舊認出我來。

「還在玩音樂嗎？」他輕聲說，聲音和眼神既親切又嘲諷。他帶著倦容與嘲弄的機伶盯著我看，這種智慧已無需多言；我覺得他看穿了我的內心，他看到了一切，也瞭解一切。

「爸爸，」我說，但是他只是微微一笑，再一次用半嘲弄但已然渙散的眼神看了我一眼，又闔上了眼睛。

「你看起來真糟！」母親擁抱我，對我說：「這件事讓你如此心力交瘁嗎？」

我說不出話來。隨後來了一位年輕醫生，其後又來了一個老醫生，他們為垂危的病人注射了嗎啡，而那雙現在緊閉著的智慧之眼，可以無所不知地看盡一切的眼睛，就再也沒有睜開了。我們坐在父親身旁，看著安睡的父親，看著他逐漸平靜，他的表情變了，等待著他的終點。父親又活了幾個小時，到傍晚才嚥下最後一口氣。除了混沌的悲痛與深沉的疲累外，我沒有別的感覺。我睜著發熱乾涸的雙眼坐著，接近夜晚時分，在父親臨終的床前坐著睡著了。

第六章

我以前也偶爾會依稀感覺到人生是沉重的，現在我又有了可以這樣苦苦思索的新理由。在那樣的認知中根深柢固的矛盾感覺至今未曾消失過，因為過去我的人生過得可憐又艱辛，但是其他人卻認為是豐富而精采的——有的時候對我自己來說也是這樣。就我看來，人生像深邃感傷的黑夜，如果不是偶有閃電劃亮，將會讓人無法承受；那突來的閃電是那麼的美好，給予人安慰，幾秒的光明可以消去長年的黑暗，說明一切。

黑暗，蒼涼的黑暗，那是日常生活中的恐怖循環。人為什麼要在清晨起床、吃喝，然後又再一次上床就寢呢？孩童、原始人、健康的年輕人以及動物在這種瑣事重複循環的活動中，不會感到痛苦。無憂無慮的人在早晨起床和飲食時都會感到快樂，從中獲得滿足，不想改變。脫離這種理所當然的自然狀態的人，會日復一日貪婪而警戒地追求生命中真實的片刻，為其中閃過的亮光感到喜悅，這種閃亮的片刻能夠消卻時間的存在感以及所有對全體意義與目標的沉思。這種瞬間可以稱之為創造性的片刻，因為它們似乎帶來了與造物者結合之感，這是由於我們從中感受到的所有事物，即便原本是偶然的，都像是出於造物者的旨意。這就是神祕主義者口中所謂的「與神合而為一」。也許那道剎那間閃逝且太過明亮的光會讓所有餘物顯得黑暗；也許這種瞬間帶來的自由而令人著魔的輕盈感，以及漂浮的舒適感會讓人覺得其餘的人生是那麼的艱辛、沉重而難以擺脫。我不知道答案，我沒有繼續深入這些哲學思索。但是就我所知：如果真的有永恆的幸福與天堂，那一定就是這種瞬間能夠不受干擾地持續下去；如果這種永恆的幸福可以透過苦難或在傷痛當中淨化成長而得到，那麼就不會有什麼苦難或傷痛劇烈到非逃避不可。

父親下葬後幾天——我依舊身處在心神恍惚和渙散當中——我漫無目的四處遛達，途中走到一條近郊的花園小道，那些精緻小巧的房舍喚起我模糊的記憶，我在回憶中思索著，直到認出了以前老師的家和庭院。這位老師幾年前曾希望我能皈依神智學信仰。我走進去時，老師迎面向我走來，他認出我，親切地引我進入屋內，裡頭有股淡淡的、舒服的菸草香味圍繞著書與盆栽。

「您過得好嗎？」羅爾老師問：「對了，您的父親過世了，您看起來很悲傷，是為此難過嗎？」

「不是的。」我說：「如果我還是和父親很疏遠的話，他過世會讓我更痛苦。上次回來的時候，我和他變得很親近，解除了我難堪的罪惡感，那是兒女對於慈愛雙親都會有的罪惡感，只要父母給的愛比兒女能夠回報的多。」

「這令我感到欣慰。」

「您的神智學研究如何了？我想聽聽您的想法，因為我過得不太好。」

「您什麼事不好呢？」

「所有事。我既不想活又不能死，我覺得一切都錯了，一切都很愚蠢。」

羅爾老師難過地皺了皺他那張善良而知足的園丁臉孔，而正是這張善良、微胖的臉讓我發惱，我也絕對不期待從他身上或他的智慧中獲得任何慰藉。我只想聽他說些什麼，想證明他的智慧無用，想讓他因為他的幸福感和樂觀信仰受到懲罰。我就是要當壞人，不是針對他，也不是要針對任何人。

但是他並不是我想的那樣，完全不是一個自負的人，也沒有躲在信仰的庇護之下，一頭金髮的他帶著發自內心的憂傷親切地看看我的臉，憂鬱地搖了搖頭。

「您生病了，親愛的先生。」他果斷地說：「也許只是肉體上的，那麼很快就會痊癒。您應該要到鄉間去，大量勞動，不要吃肉。但我覺得問題不在此，您是心靈上生病了。」

「您是這麼想的嗎？」

「是的。很遺憾地，您生的這種病是一種流行病，每天都會碰到患了此病的知識分子。醫生當然對這種病一無所知，這種病類似道德性的精神錯亂，也可以稱為個人主義或自負的孤獨。最近很多書都有相關內容，這種自負感潛入了您心中，您覺得很孤獨，沒有人與您有任何關係，也沒有人瞭解您，是嗎？」

「是的，差不多。」我很驚訝地承認。

「您看，對曾經得過這種病的人來說，只要一些願望落了空，就足以讓他認為他和別人之間完全沒有任何關連，最多也只有誤解而已；他會認為每個人都在絕對的孤獨中漫遊，絕對無法讓別人真正瞭解自己，也不能夠與他人分享或共同擁有什麼。這種病人會變得傲慢自大，把其他可以互相理解、愛慕的人都視為群聚牲畜。如果這種病流行開來，那麼人類就會滅亡。不過這種病只出現在中歐，而且只有較上層階級的人才會罹患。年輕人得到這種病的話可以治得好，這種病也算是一種年輕人成長中無可避免的病。」

他那聽起來帶點諷刺意味的大師口吻讓我有點惱怒。看到我並沒有笑，而且也沒有露出辯護的表情，他臉上又浮現出憂慮的親切神情。

「不好意思，」他親切地說：「您罹患的就是這種病，我沒有嘲諷的意思。不過治癒的方法真的存在。人和人之間沒有溝通的橋梁，每個人不被理解，孤獨度日，這些都是自負的想法。相反地，人們共同擁有的東西，比每個人自己擁有並藉此區別自己與他人的東西，還要來得更多、更重要。」

「或許吧，」我說：「不過我知道這些又有什麼用呢？我不是哲學家，而且我的痛苦不是因為我找不到真理，我並不想成為智者或思想家，只是想活得滿足一點、輕鬆一點。」

「那麼，您就試試看呀！您不用讀書或研究理論，但是只要生了病，您就必須相信一位醫生。您願意這麼做嗎？」

「我很樂意試試。」

「好。當您生理上有了病痛，醫生會建議您泡泡澡、吃藥或是去海邊休養，也許您並不瞭解為什麼這種或那種療法有效，但是你會去試試看並且聽從指示。您現在也像那樣照著我給您的建議做吧！請您利用一段時間學習多為別人想一點，少為自己想一點，這是能治癒您的唯一途徑。」

「但是我應該要怎麼做呢？每個人都會先想到自己啊。」

「您必須要去克服，您必須做到對自己過得好不好抱持某種程度的漠不關心，您必須要學著去想：我哪有什麼重要！要做到這樣只有一個方法行得通：您必須學著去愛某個人，而這個人的幸福對您來說比您自己的幸福還要重要。但是我指的並不是要您去談戀愛，那會造成反效果。」

「我瞭解了。但是我應該拿誰來試呢？」

「您就從身邊的人開始吧，您的朋友或親人，有您的母親在啊，她失去了很多，她現在很孤單，需要慰藉。您去照顧她、支持她，試著讓她感受您的重要。」

「我母親和我，我們不太瞭解彼此。這會很困難。」

「是的，如果您的善意不增足的話，當然會很困難。依舊是不被理解的老調重彈，您不能一直想著誰或誰不完全瞭解您，誰或誰也許對您不公道！您應該自己先試著瞭解其他人，讓其他人開心，公道地對待他人！請您這樣做吧！就從您母親開始吧！您呢，必須這樣告訴自己：反正我的生活橫豎都不快樂，那麼何不試試看這種方法呢？你已經不愛惜自己的生命了，那麼就不要善待它，給自己一點負擔，放棄一些舒服安逸！」

「我會試試看的。您說的對，反正我現在做什麼都無所謂了，何不照您的建議做做看呢？」

他的話語最讓我感動且訝異的，是其中和父親在上次相聚時告訴我的生活智慧有著共同點：為他人而活，不要把自己看得太重要！這教誨著實違反了我的感受，也有點宗教教義問答與天主教堅信禮課程的意味，和每個健健康康的年輕人一樣，我對這些感到討厭而鄙視。但是這畢竟無關想法或世界觀，而是一個相當務實的嘗試，為了能夠承受得起痛苦的人生。我打算試試看。

我很驚訝地看著老師的眼睛，我從來沒有真正認真看待過這個人，而現在卻把他當成顧問，視為醫生，而他似乎真的具有他對我所說的那種愛心，好像分擔了我的苦痛，真心希望我一切順心。我的感覺本來就已經告訴自己，為了能再度像其他人一樣生活與呼吸，我需要一劑強力的療方。我曾想過到山裡承受寂寞，或是瘋狂地工作，但現在我寧願遵從我的顧問，因為我的經驗與智慧已用盡了。

當我向母親透露不想讓她孤單生活，希望她搬到我那兒去和我同住時，她憂傷地搖了搖頭。

「你在想什麼啊！」她拒絕了：「這沒那麼容易，我有自己的習慣，不可能重新開始，你需要自由，不要因為我造成自己的負擔。」

「我們可以試試看啊，」我提議：「也許會比你想得容易。」

一開始就有很多事我得處理，多到我沒時間煩思與絕望。有一棟房子、有牽扯債權與債務的龐大生意、有帳冊與帳單、有借貸與收入，還有所有這些問題應該怎麼辦。當然從一開始我就決定把這些全都賣掉，但是進行得沒那麼迅速，而且母親捨不得老家，還有父親的遺囑也必須兌現，有各種問題與困難。父親的會計和公證人協助我處理事情，連續幾日、幾週的時間就在磋商與關於金錢與債務方面的書信往返以及各項計畫與各種失望中流逝了。不久後，我已無力再應付所有這些帳單和官方表格，便幫公證人請了一位律師，讓他們去解決這些問題。

這方面母親常常受累，我努力讓她在這段期間輕鬆一點，不讓她碰生意上的事務，唸書給她聽，陪她搭車兜風。有的時候，我很難不去想到逃跑或放手丟下這一切，但是羞恥心和某種對事情會如何發展的好奇心制止了我。

母親總是只惦記著過世的父親，但是她卻是用一些小事，以一種婦人之仁，在我看來多是微不足道的方式來呈現悲傷，這對我而言是無法理解的。剛開始時我必須坐在餐桌旁父親的位置上，但是後來她又覺得我不適合坐在那裡，那個位子應該空下來。有的時候她會要我多多談論父親的事，但是有時只要我一提到父親，她就會沉默而悲傷地望著我。讓我最想念的是音樂。為了可以拉個一小時的琴，我願意付出很多，但是直到幾個星期以後我才有機會可以拉琴，儘管如此，母親仍因為此事嘆氣，她覺得這是悖禮忘德。為了讓她瞭解我的性情和生活，並與她變得親密，我不懈努力著，但母親卻沒有反應。

我常常痛苦地想要放棄，但是仍舊不斷逼迫自己，習慣這種得不到回應的日子。我自己的人生已殘破無息，過往的事情，只有在夢中聽到歌特蘿德的聲音，或是空虛時分無意識地想起我歌劇中的旋律時，才會模糊地迴響起來。我為了退掉房子與打包東西而回到R市，那裡的一切看起來彷彿已離開我數年之久。我拜訪了對我義氣相挺的泰瑟，但是不敢問到關於歌特蘿德的事。

針對母親持續令我窒息、那淡然聽天由命的態度，我必須暗中慢慢展開一場有效的對抗。如果我明白懇求她告訴我她的願望以及她對我有什麼不滿之處，她就帶著哀傷的微笑並且撫摸著我的手，說：「別管了，孩子！我只是一個老女人啊。」於是我開始靠自己的力量去探詢，同時也不諱言問問會計和傭人。

就這樣，我發現了所有癥結，最重要的一點是母親在城裡唯一的近親、同時也是好友的一個表姊，一位不怎麼和人交際來往的老小姐，卻和母親保持著很親密的友誼。這位許妮蓓爾女士以前就一點也不喜歡我父親，對我則真的很厭惡，因此近來完全不到家裡作客。母親曾答應過她，如果父親先過世的話，就要接她來同住，但是這個願望看來因為我留了下來而無法實現。我漸漸獲悉此事後，便前去拜訪了這位女士，盡力讓她對我產生好感。這種古怪行徑和小詭計是我沒有玩過的遊戲，我做得算很愉快，成功將這位女士再度帶入家中，而且我注意到母親因此對我心存感激。然而，這會兒兩個女人聯合起來阻撓我將老家賣掉，而她們也真的辦到了。接著許妮蓓爾女士努力要占據我在家中的地位，想獲得那她垂涎已久，但仍受我阻撓的溫暖寶座；其實不管是對她還是對我，家中都有足夠的空間，只是她不希望有個男主人同住，便拒絕搬進我們家。相反地，她勤勞地來訪，讓母親變得在一些小事情上不得不依靠她，對待我則像對待一個危險強權般地耍弄外交手段，她奪走了家中顧問的角色，而我卻無法與她爭奪這個位子。

我可憐的母親既不袒護她也不袒護我，她非常疲累，飽受著生活變化之苦。我漸漸地才瞭解到她有多麼想念父親。有一回，我穿過一間房間時，撞見了她站在衣櫃前忙碌著，我沒想到她會在那房裡，她被我的出現嚇了一大跳，我很快地向前走開，但卻清楚看到她正仔細察看著父親的衣物，事後也見她紅著雙眼。

夏天來臨時，開啟了一場新的戰爭。我很想和母親一起去旅行，我們兩人都需要好好休養生息，我冀望可以藉此讓她放開心，並使自己更能影響她。對於旅行她未表現出太多興致，但是也不怎麼反對，而許妮蓓爾女士則是更加熱切地力勸母親留下，讓我獨自去旅行，不過我絲毫不願讓步，對這趟旅行抱有許多期待。與心神不寧且受苦的可憐母親待在這幢老房子裡讓我開始覺得恐懼，我希望離開這裡可以為她帶來較多幫助，並且讓我更能掌握自己的想法和情緒。

就這樣，我們在六月底左右踏上了旅途，每天乘車慢慢遊覽，拜訪了康思坦茨（Konstanz）和蘇黎士（Zürich），越過布呂寧（Brünig）朝著伯恩高地（Berner Oberland）前進。一路上母親都顯得疲倦而安靜，她忍受著旅程，看起來很不快樂。到了茵特拉肯（Interlaken）時，她開始抱怨無法入眠，但是我說服她繼續一起前往格林德華（Grindelwald），我希望到了那裡彼此都可以獲得休息。在這趟徒勞無功、無止境、不愉快的旅途中，我著實領悟到要擺脫並逃離自己的痛苦是不可能的。那裡有美麗的綠色湖泊，倒映著古老而壯麗的城市，藍天白雲間山巒起伏，青綠色的冰川在陽光下閃閃發亮，然而我們兩人卻默默不快地與這一切擦身而過，感到愧對美景，而且只覺得鬱悶、疲累。我們散步，抬頭仰望山脈，呼吸輕甜的空氣，聆聽草原上的牛鈴聲，讚嘆：「真是美啊！」但是卻不敢看對方的眼睛。

我們在格林德華堅持了一個星期，一天早晨，母親說：「我說你，這樣沒有意義，我們回去吧。我很希望能再有一晚好好睡上一覺。假使我病到快死了，我也希望是在家裡。」

於是，我沉默地收拾好我們的行李，心中知道母親是對的，和她一起搭車返家，全程走得比來時還要快，但是我並沒有要回家鄉的感覺，反而覺得是要前往監牢，而母親也只露出些許的滿足感。

回到家的當天傍晚，我對母親說：「你覺得我自己去旅行好嗎？我想再到R市去。你知道的，如果我有任何用處的話，我是很樂意留在你身邊的，但是我們倆都病了，都不快樂，只會一再將沉悶的心緒傳染給對方。你把你的朋友接過來住吧，她比我更能安慰得了你。」

她像以前一樣握住我的手，輕輕撫摸著，點了點頭，微笑看著我，笑容清楚說著：「好的，儘管去吧！」

我用盡了一切努力與善意的決心，卻沒有達成任何目標，幾個月以來我和母親都承受著煎熬，她與我又更疏遠了。雖然我們生活在一起，但是各自背負著自己的包袱，不和對方分擔，只是更向下沉入自己的苦痛與病情當中，我的嘗試徒勞無功，除了離去，把位子讓給許妮蓓爾女士之外，沒有其他更好的做法。

不久後我就這麼做了，由於想不到其他地方，我又回到了R市。啟程時我意識到，現在我已經沒有故鄉了，我出生、度過童年與安葬父親的這座城市，和我再也沒有任何關係，它無法再向我要求些什麼，除了回憶之外，也無法給予我什麼了。與羅爾老師道別時，我沒有告訴他這些，他的處方並未見效。

意外的是，我在R市的住處仍閒置著，這對我來說彷彿象徵著想斬斷與過去的連結以及逃離自身的命運都是沒有用的。我再度住進同一棟房子的同一個房間，在同一個城市裡，重新取出我的小提琴和工作，覺得一切猶如昨日，只是，莫德去了慕尼黑，而歌特蘿德成了他的未婚妻。

我拿起歌劇樂章，猶如執起過去生活殘片般，現在仍希望試著從中做出點什麼，然而音樂在我結了冰的心中依舊只是緩緩地動了動，直到幫我填詞的詩人寄來一首新歌才甦醒過來。歌詞寄來的那段期間，我常常在晚上感覺到昔日那股焦躁動盪的心緒，我懷著羞愧和百般不安於心，在尹姆多家的花園周圍徘徊。新歌歌詞如下：

焚風夜夜呼嘯，
奮力拍動火熱的雙翼，
麻鷸飛過空中，
萬物不再沉眠，
整片大地已然甦醒，
春天呼喚著。

這樣的夜裡我無法入眠，
我的心變得年輕，
我熾熱的青春幸福
從回憶的藍色深淵裡升起，
如此逼近地凝視我的臉，
驚慌，回逃。

靜下來吧，靜下來吧，我的心！
即便熱情在血液裡
牢牢地、用力地搏動，
引你走回舊途，
你的道路
已不復青春。

這些詩句在我心中縈繞，樂聲與生命再次甦醒過來。長期承受滯留的痛苦融化了，悲痛而灼熱地流經我的體內，化作節拍與樂音，擱下那首歌，我又找到了遺失的歌劇思緒，經過了那麼漫長的荒蕪後，我再度深深沒入那滾滾翻騰的熔岩般狂熱的心醉神迷之境，直至情感的無界之巔，在那兒，痛苦與喜樂已無區別，所有心靈的熱情與力量共同湧生成獨一無二的極致火焰。

白天，我寫下那首新曲，拿給泰瑟看；晚上，我穿過栗樹大道回家，全身充滿投身新工作的澎湃力量。前不久，過去幾個月的絕望空虛還彷彿從面具後方凝視著我，現在，我的心已貪婪地快速鼓動，不再企圖瞭解為何曾想逃離痛苦。歌特蘿德的形影清楚而美妙地從塵埃裡浮現，我看著她明亮的雙眼，不再感到恐懼，我向所有苦痛敞開心扉。啊！與其逃離痛苦、背離自己的真實生活而沉淪入鬼魅般的時空，還不如承載痛苦、將刺深深插入傷口中來得好啊！寬大栗樹黝黑濃密的樹梢間懸掛著深藍色的天空，空中布滿星斗，星星真摯地懸浮於夜空，閃著金光，無憂無慮地照耀著無垠。星星就是這樣，而樹木則帶著花苞與花朵，同時大方展現累累傷疤，無論對它們而言是苦或樂，都投身於強大的求生意志之中。蜉蝣翩翩飛向死亡，每個生命都有自己的光采與美麗，我凝視了一會兒，領悟了，這就是美好的，而我的人生與苦痛也是美好的。

隨著秋天的流逝，我的歌劇完成了；期間我在一場音樂會上遇見了尹姆多先生，他誠摯地問候我，由於不知道我人在城裡而顯得有點驚訝，他只聽說了我父親過世以及其後我便一直待在故鄉之事。

「歌特蘿德小姐過得好嗎？」我盡可能冷靜地問道。

「喔，您應該親自過來看看，她的婚禮訂在十一月初，我們當然期待屆時您來參加。」

「謝謝，尹姆多先生。您知道莫德的近況嗎？」

「他很好，您知道的，我不完全贊同這場婚姻，我早就想向您探聽一下關於莫德先生的事，就我認識的他來說，我無法抱怨些什麼，但是我聽過一些關於他的事情，他似乎曾和許多女人有過瓜葛。您可以告訴我相關的事情嗎？」

「不，尹姆多先生，這麼做沒有意義。就算有什麼流言蜚語，您的女兒也不會改變決定，莫德先生是我的朋友，我很高興看到他找到自己的幸福。」

「是啊，是啊。期待不久後您能再度光臨我們家。」

「我想沒問題的，再見，尹姆多先生。」

不久之前我可能還會用盡一切方式想要阻止這兩人來往，但並非出於嫉妒或盼望歌特蘿德重新投入我的懷抱，而是出於我深信並有預感這兩人的感情不會順利，因為我想到了莫德那自我折磨式的憂鬱和神經過敏，以及歌特蘿德的柔弱，也因為瑪莉安和珞蒂在我腦海裡仍記憶猶新。

我現在的想法不一樣了，使我改變的，是我整個人生的震顫，半年以來內心的孤獨，以及有意識地向青春揮別。我現在認為，伸手干預其他人的命運是愚蠢而危險的，此外，在我所有這方面的嘗試都澈底失敗，並且因此深感羞恥之後，沒有任何理由讓我覺得自己有資格當個拯救者或自稱善於識人。直到今日，我也還非常懷疑，人類是否有能力刻意地去建構與塑造自己或他人的人生。人可以掙得金錢、榮譽與勳章，但卻不能為自己或為他人贏得幸福或不幸福。人只能接受發生之事，但接受的方式可以是截然不同的。至於我，已不想再勉強嘗試將自己的人生轉向陽光燦爛的一面，而是接受既定之事，盡力承擔，並往好的方向想。

即使連人生也是不受這些念力左右，不受其影響的，誠心的決定與想法還是會為心靈上帶來平靜，有助其承擔不可改變之事。至少，就我事後看到的，自從我屈服了，並且瞭解到不要去在乎自己個人情況的好壞之後，我的人生就掌握在比較溫柔的雙手中了。

人費盡一切心思與努力也不能達成之事，有時候會意外地自然發生，這是我不久後從母親身上體會到的。我每個月都會寫信給她，但已經一段時間未收到她的回信了；如果她過得不好，我應該會收到通知，因此我不太掛念她，仍繼續寫我的信，簡短地報告我的近況，並總是附上對許妮蓓爾女士的親切問候。

近來這些問候已經不再需要轉達了。這兩位女士的生活情況「好」到無法承受願望如願以償的結果。事情是這樣的：登上人生美好時光顛峰的許妮蓓爾女士在我離開之後，立刻挾著勝利者的姿態遷入她贏得的居所，在我們家安住下來，與老友暨表妹同住一屋簷下。得以富貴人家的共同女主人自豪並取得溫飽，她視為是自己歷經長年窮困歲月後應得的幸福。不過她並未因此養成奢侈的習慣或變得浪費——這是由於她長期以來都過著窘迫且近乎窮困的生活所致。她非但沒有穿上好一點的衣服，也沒有睡在新的麻紗床單上，反而開始越發地勤儉節約，因為家用中有可以節約的地方，這麼做是值得的。她不願放棄的是權勢，兩位女佣必須如同對我母親一樣服從於她，就連對男佣、工匠與郵差，她也會擺出主人之姿。一個人的狂熱癖好是不會因為願望實現而消逝的，因此她的統治欲漸漸地也擴展到一些母親不太願意讓步之事。她要母親所有的訪客都和她有關連，她無法忍受自己不在場時有人來訪；她不喜歡扼要地聽聞信件內容，尤其是我的來信，而是要親自讀信。到了最後，她發現我母親在家管事宜上有些地方完全不是以她所認定的正確方式處理與支配的，特別是對佣人的監管不夠嚴格。舉凡有女佣在晚上出門或者和郵差閒聊過久，以及廚娘請求星期日休假等，她都會為此極其嚴厲地指責母親的態度過於遷就，並且對母親發表關於正確持家之道的長篇大論。此外，令她深惡痛絕的是經常看到有人嚴重違反節約原則，例如一再地購置煤炭，或是廚娘的帳目裡雞蛋過多！看到這些情況，她都會嚴肅且激烈地介入指正，而這也是兩位好友產生嫌隙的開端。

截至目前為止的一切母親都照樣忍了下來，即便她不完全認同，對於這位朋友的某些事情也感到失望，因為她們兩人的關係和她所料想的不同。然而現在情況不一樣了，家中受尊崇的慣例遇到了危機，她日常生活的舒適與家庭平和受到侵害，她無法再遏制自己的異議，而展開了反擊，但是卻未能與許妮蓓爾女士的氣勢相抗衡。兩人之間時有爭論與小口角，而當廚娘提出辭呈，母親幾乎是以賠罪的方式努力做出許多承諾才將她挽留下來時，家中的權力問題儼然演變成真正的戰爭。

許妮蓓爾女士對自己的知識、經驗、勤儉與節約美德相當自豪，她無法認同人家不知感激她這些特質帶來的優點，她甚至覺得自己相當有理，不需再去避諱批評一直以來的家計管理方式，責備母親的持家之道，鄙視全家的習慣和特質。於是，母親這位家庭主婦將父親搬了出來，表示家裡這麼多年以來在父親的帶領與管理方式下都過得很好，父親無法忍受斤斤計較或過分節約，他讓傭人擁有自由和權利，他討厭女傭們有口角以及心不甘情不願。雖然母親過去偶爾也會批評父親，但是自從父親過世後，他就變得神聖起來，當母親用父親來為自己辯護時，許妮蓓爾女士無法保持沉默，尖酸地提起她早就對這位往生者有意見，也表達過這些看法，她認為現在正是中止這種沒效率的陋習，讓理性來管理一切的時候。由於珍惜我母親這位朋友，她並不願觸動其對故人的思念之情，但是母親卻自己將故人牽連進來，她便不得不坦白說出其實老主人應該為家中某些弊端負責，而且她無法理解為什麼現在她們都已經自由了，還要繼續墨守陳規。

這對母親而言就像挨了一記耳光，她忘不了表姊這一擊。以前她需要偶爾和這位密友聊天抱怨，挑剔自己丈夫的毛病，這是一種樂趣，但是現在她無法忍受父親神化後的形象蒙上一絲陰影，因此開始覺得家中正在進行的革新不僅是干擾，更是對亡夫的一種褻瀆。

這些事情在我還不知情前就已經發生了。當母親首次在信中向我透露這個鳥籠裡的不和時，即便仍舊說得保守謹慎，還是讓我失笑了。於是，我在下一封信便省去了對這位老小姐的問候，但未對母親的暗示表達意見，我認為自己不介入的話，兩位女士應該更能解決得了問題，況且這期間我還有別的事要忙。

已經十月了，我腦中一直惦記著歌特蘿德即將舉行的婚禮。我未再造訪她家，也沒再見過她本人，我想等到婚禮過後她離開了，再恢復和他父親的來往。我也希望隨著時間的流逝，我和她之間能再建立起親密友好的關係。我們曾經太過親近，所以無法簡單地抹去過往的事情。只是現在我還沒有勇氣相見，就我對她的認識，她應是不會迴避見面的。

一天，我的房門外傳來熟悉的敲門聲，我有所預感而思緒紛亂地跳了起來，打開門，海因利希．莫德就站在那兒，朝我伸出手。

「莫德！」我喊道，緊握住他的手。看著他的眼睛，心中所有事情又再次甦醒，令我感到心痛。那封放在他桌上的信又浮現在我眼前，上面有著歌特蘿德的筆跡；我再度看到自己與她告別，並選擇走向死亡之路。現在，他站在那兒審視著我，他看來清瘦了些，但依舊帥氣挺拔如昔。

「我沒想到你會來。」我小聲地說。

「是嗎？我知道你沒再去找歌特蘿德了。因為我的緣故——我們不要談這些了！我來看看你過得怎樣，還有你的工作如何了。歌劇進行到哪了呢？」

「歌劇已經寫好了。但是你先說說，歌特蘿德過得好嗎？」

「很好，我們不久後就要舉行婚禮了。」

「我知道。」

「是吧。你最近不去看看她嗎？」

「再過一陣子吧！我要去看看她在你身邊過得好不好。」

「嗯……」

「海因利希，很抱歉，我有時還是會想到那個珞蒂，你未曾好好對待她，甚至毆打她。」

「別提珞蒂了！她是咎由自取，不想被打的女人就不會被打。」

「好吧。我們談談歌劇，我還不知道應該先把它送到哪去。那個劇院一定要有很好的舞台，但是不知道他們會不會要它呢？」

「會要的，我就是想和你談談這個，送去慕尼黑吧！它應該會被採用的，大家對你很感興趣，必要時，我會為它做擔保的，我不希望有人比我先唱裡面的角色。」

這對我很有幫助，我高興地答應了他，並承諾近期就會準備好副本。我們討論了一些細節，又尷尬地像在談論攸關生死之事一樣繼續聊下去，其實我們都只想消磨時間，閉上眼睛不去正視介於彼此之間的那道鴻溝。莫德首先打破僵局。

「你啊，」他說：「你還記得當初帶我到尹姆多家去的事嗎？那是一年前的事了。」

「我記得。」我說：「你不需要提醒我。我看，你最好還是走吧！」

「不，朋友。所以你還是記得的。只是如果當時你已經喜歡上那個女孩了，為什麼不跟我說一聲呢？為什麼你不說：『不要碰她，將她留給我！』這樣就夠了，即使只是個暗示，我也會懂得！」

「我不可以那樣做。」

「你不可以那樣做？為什麼不可以？難道有人叫你靜觀其變，捂住你的嘴，到最後為時已晚？」

「我不知道她是否喜歡我。即便是——如果她更喜歡你，我也無計可施。」

「你真是個孩子，她和你在一起也許會更快樂啊！每個人都有權利贏得女人芳心，而且倘若你一開始就告訴我一聲，向我小小地示個意，我就會退出。後來當然就太晚了。」

這段談話讓我感到難堪。

「我不這麼認為。」我說：「你應該很滿意，不是嗎？別管我了！幫我問候她，我會到慕尼黑去找你們的。」

「你不想來參加我們的婚禮嗎？」

「不想，莫德，那會很難堪的。但是——你們要在教堂舉行婚禮嗎？」

「當然，在大教堂。」

「那太好了，我為這場婚禮寫了一首管風琴前奏曲。別擔心，非常短。」

「你真是討人喜歡啊！認識你是件倒楣事，真是見鬼！」

「我想你應該說很幸運才是，莫德。」

「哎，我們不要吵了。我現在得走了，還要去買點東西，天知道要買什麼。劇本你過一陣子會寄來，是吧？把它寄給我，我自己拿去給我們老闆。對了，我結婚之前，我們兩個應該再找一晚單獨聚一聚，也許明天？那好，再見！」

就這樣，我又落入舊的圈圈裡，在千頭萬緒與百般煎熬中度過了夜晚。隔天，我去拜訪一位熟識的管風琴師，拜託他在莫德的婚禮上演奏我的前奏曲；下午，我和泰瑟為我的前奏曲做最後一次討論；晚上，現身在莫德住的旅店。

旅店已經為我們準備好一個燃起壁爐與燭光的房間，鋪了白色桌巾的桌子上擺放著鮮花和銀製餐具，而莫德則已經在等我了。「那麼，老弟，」他叫道：「我們來歡慶別離，為我多過為你。歌特蘿德要我向你問好，我們今天來為她的健康乾杯吧！」

我們斟滿酒杯，默默地一飲而盡。

「那麼，現在讓我們只為自己想一想。親愛的，你是不是也覺得青春易逝呢？青春應是生命中最美好的部分，我希望這句話就像其他常見的格言一樣是個幌子。最好的事物得要發生，否則一切就真的不值得努力了。等你的歌劇上演之後，我們繼續這話題吧！」

我們舒服地吃著，搭配一瓶濃醇的萊茵葡萄酒，餐後拿著雪茄和香檳躺入低深的角落沙發裡，對我和他來說，時光似乎回到了從前，喋喋不休地開心築夢，談天說地，自在且深意款款地看著對方真誠的雙眼，對彼此都感到滿意。在這種時候，海因利希總是會比往常更加地親切溫柔，他非常瞭解這種喜悅稍縱即逝，只要這樣的氛圍仍持續活躍，他就會小心翼翼地將這份興致珍握於手中。他帶著微笑輕聲聊到了慕尼黑，說了幾個劇場的小故事，像以前一樣手法細緻地利用簡短明瞭的語彙描繪出人物與景況。

他輕鬆、尖銳但不惡毒地描述了他的指揮、岳父以及其他人的性格，我敬了他一杯，問道：「那麼，你會怎麼說我呢？對像我這樣的人你也有一套說法嗎？」

「喔，是的。」他泰然自若地點了點頭，用那對深色雙眼望著我：「你總歸而言是個典型的藝術家。藝術家不是庸俗之人認為的那種目空一切、偶爾會拋出藝術作品的快活紳士，很遺憾的，藝術家多半都是可憐的蠢蛋，會被無用的財富悶死，因此必須從自己身上創造出些什麼。根本沒有所謂的快樂的藝術家這種神話，這全都是庸人的胡言亂語。快樂的莫札特靠著香檳才能振作並且因此而窮困潦倒；貝多芬年輕時為何沒有走上絕路，反而寫下了這些美妙的東西呢？沒有人知道為什麼。一個真正的藝術家的人生必須是不快樂的，當他感到飢餓時打開袋子，袋裡永遠都只有珍珠而已。」

「是啊，想在人生中追求一點歡樂、溫暖與興致時，就算有一堆歌劇和三重奏或之類的作品，幫助也不是很大。」

「沒錯，因此如果可以和朋友一起品嘗美酒，無拘無束地暢談這奇妙的人生，才真的是人能夠擁有的最美好之事啊！一定是這樣的，我們應該高興我們擁有這樣的美好時刻。一個可憐蟲不管在美麗的焰火旁待多久，這樣的快樂也持續不了一分鐘啊！所以我們也應該珍惜歡愉、平靜的心靈以及良善之心，以便偶爾享受一下美好的時刻。乾杯，朋友！」

我根本就不贊同他的哲學，但是這又有什麼關係呢？我很高興可以和這位我曾經深怕會失去的朋友一起度過這樣的夜晚，即便我不再完全確信這段友誼。我沉思起過往的時光，這段時光仍離我不遠，但卻包含著我的青春年華，當時的無憂無慮與天真無邪都不會再回到我身上了。

我們適時結束了聚會，莫德起身想陪我走回家，但我要他留步，我知道他不喜歡和我一起走在街上，我跛著腿慢慢走會妨礙到他，讓他不悅，他不是個能夠為別人犧牲自己的人，而這種微小的犧牲往往又是最困難的。

我很喜歡我的那首管風琴小曲，它是一種前奏曲，對我而言象徵著與過往告別，是我對新人的感謝與祝福，也是我與她和他那段美好友誼歲月的迴響。

婚禮當天，我提早來到教堂，躲在管風琴後觀禮。當管風琴師彈起我的那首小曲時，歌特蘿德抬起頭對她的新郎點了點頭。這段期間我都沒有見過她，身穿白紗的她更顯高䠷纖細，優雅莊重地步上裝飾美麗的細長小徑走向聖壇，身旁伴著高傲挺拔邁步而行的夫婿。如果換成我這個歪著身子的殘疾之人走在那條莊嚴的小路上，恐怕就沒有那麼華麗好看了。

第七章

為了不讓朋友的婚禮在腦海裡盤旋太久，我已經做了一些安排，好讓我的思慮、願望與自我折磨不會走上那條路。

在這段日子裡，我很少想到我的母親，雖然已從她的上封信得知，家中並未如預期享有舒適與平和，但是我既沒有理由也沒有興趣捲入兩位女士的爭端之中，而是帶著點幸災樂禍的心情讓這場爭執白熱化，她們兩人的爭執不需要我的仲裁。其後我寫去的信並未收到回音，準備和檢查我歌劇副本等工作又非常忙碌，因此也沒有時間多想許妮蓓爾女士的事。

這時母親捎來了一封信，信裡極不尋常的長篇大論讓我大吃一驚，這是一封對她同居人鉅細靡遺的控訴信，透過這封信，我著實瞭解到這名同居人對我的好媽媽做出了哪些造成家庭與心靈不平靜的罪行。對母親來說，要讓我知道這些其實很為難，這封信她寫得很有尊嚴而謹慎，而光是這樣就已經等於小小坦承自己過去識人不清，不知道她的老友暨表姊的真面目。母親不僅完全認同了我與父親對許妮蓓爾女士的反感，甚至已經準備好，只要我仍然這麼希望的話，就將房子賣掉，換個地方住，一切只為了擺脫許妮蓓爾。

「如果你可以親自回來一趟，也許會比較好。因為露西亞已經知道我的想法與計畫了，她對這些相當敏感，但是我們之間的關係太過緊張，我無法適切地開口說出這些必說之事。她不願意理解我希望再一個人住與不需要她陪伴等暗示，而我又不想和她公開起爭執。我知道若直接要求她離開，她將會惡言相向，奮力反抗，所以最好還是你回來解決。我不想引起難堪的風波，也不想讓她受委屈，但是一定要清楚明確地告知她才行。」

只要母親提出要求，就算要殺死那個潑婦我也會準備好。我高興至極地整裝出發，乘車返家。當我一踏入我們老家的瞬間，立刻感覺到屋裡籠罩著一股新的氛圍，尤其是那原本舒適的大客廳，看起來變得鬱悶、不親切、消沉而簡陋，一切似乎都被極力地監視、保存著。為了保護樓板並減少刷洗，老舊耐用的地板鋪上了一條所謂的長地毯，看起來像是用廉價醜陋的布料所做出來的長形哀悼布條；那台多年沒用，放置在大廳的四腳鋼琴，也罩上了相同的惜物套。雖然母親為了我的到來準備了茶和糕點，並將一切弄得舒適些，但還是可以聞到一股擦拭不去的老處女卑微可憐的味道與樟腦味。我一進門就含笑看著母親，皺了皺鼻子，她馬上理解我的意思。

我才剛坐下，那個潑婦就走了進來，越過長地毯向我快步奔了過來，讓我向她表示敬意，我毫不推諉地做了。我詳細詢問她的健康狀況，為這幢老房子可能無法提供她所慣有的舒適感而向她致歉。她完全無視於我的母親，而以女主人自居，招呼我喝茶，極度殷勤地回應我的客套，雖然看似阿諛奉承，但卻因為我的過分友善而更顯不安與猜疑。她察覺到被背叛了，但還是得接受恭維，把她所有過時的客套話全都搬了出來。就在這些全然的順服與尊敬之中，夜晚來臨了，我們像老練的外交官一樣真誠有禮貌地祝彼此安睡後，便各自回房。我相信這個妖婦即便被灌了迷湯，那天晚上應該也不太能安眠，而我卻滿足地睡了一覺；至於我可憐的母親，也許在經過了數個惱怒與憂愁的夜晚後，第一次能再度帶著未被剝奪的主婦之尊，在自家的房子裡入睡。

隔天早晨用餐的時候也上演了同樣矯情的戲碼，昨晚只是沉默緊張地凝神傾聽的母親，這時也愉快地加入談話，我們的恭維與體貼把許妮蓓爾逼入困境，讓她悲傷起來，因為她非常瞭解母親的這種語氣並非出自真心。看她變得不安，努力表現出卑微的樣子，句句稱讚，口口稱是，我幾乎同情起這個老小姐來；但是一想到那個被解雇的女佣，想到那個滿臉不悅、僅是為了讓母親高興而留下來的廚娘，以及被罩上套子的鋼琴，還有籠罩在過去我父親歡樂的屋子裡那股消沉又小鼻子小眼睛的味道，我的心就硬了起來。

餐後，我請母親先去休息，我與這位阿姨單獨留了下來。

「您用過餐後會小睡一下嗎？」我客氣地問道：「如果是的話，我就不打擾您了。我有些事想和您談談，但不用急在一時。」

「喔，請說吧！我白天從不睡覺的，感謝上帝我還沒老到那種程度。您儘管說吧！」

「非常感謝您，尊貴的女士。我要為您對我母親表達的友情致謝。若沒有您，她在這間空蕩蕩的房子裡將會非常寂寞，但是，現在有些事情要改變了。」

「什麼？」她跳起來叫道：「什麼東西要變？」

「您還不知道嗎？媽媽終於決定要順從我之前的心願，搬到我那裡去，這麼一來我們當然不能讓房子空在這兒，所以不久後這間房子就要賣掉了。」

許妮蓓爾女士不知所措地盯著我看。

「我也覺得很抱歉，」我同情地繼續說：「無論如何，過去這段時間您費了很多心力，親切、細心地照顧全家，我對您感激不盡。」

「但是我，我要怎麼……我能到哪去……」

「會有辦法的，您必須自己再去找一處住所，只是這並不會很急。您會很高興可以再度獲得寧靜的。」

她站了起來，語氣仍然有禮，但顯得尖銳。

「我不知道該說些什麼。」她沉痛地大聲說道：「先生，您的母親答應讓我住在這裡，這是一個確定的協議，但是現在，在我照顧這個家、處處幫您母親的忙之後，竟然要把我趕到大街上去！」

她開始啜泣，想要跑開，但是我抓住她瘦弱的手，把她拉回到沙發上。

「事情並沒有那麼嚴重。」我微笑著說道：「我母親搬出這裡造成的改變只有一點點。此外，賣房子的事不是她決定的，而是我，因為我才是房子的所有人。我母親已經事先表示要讓您沒有壓力地去找新的住所，這方面您不用擔心，她會張羅。因此從現在開始您可以放輕鬆一點，因為您總歸還是她的客人。」

接著，開始出現預料之中的抗議、傲慢、眼淚，又是懇求，又是自我吹捧，到了最後，這個鬧彆扭的女人終於發現，讓步才是此時最明智的選擇。因此，她縮回自己的房裡，就連喝咖啡時也未露面。母親覺得我們應該把茶點送到她房裡去，但是在經過這所有的客套之後，我想好好報復她一下，於是就讓許妮蓓爾繼續堅持她的抗議。一直到了晚上，她才悶悶不樂但準時地在用餐時間現了身。

「可惜我明天就得回R市去了。」晚餐時我這麼說道：「但是只要你需要我的話，媽媽，我都會立刻趕回來。」

說這句話的時候我沒有看著母親，反而是看著她的表姊，她也意識到這句話的用意何在。我與她的告別非常簡短，但就我個人而言可是真心誠意的。

「孩子，」事後，我母親說：「你做得很好，我得謝謝你。你要不要演奏一下你的歌劇給我聽聽？」

當下我沒有彈給她聽，但是心結已然解開，我與老人家之間的關係變得明朗起來，這是整件事最好的地方。現在，我已經取得她的信賴，而且也很高興不久後就要和她一起展開新的小家庭生活，脫離長久以來漂浮無根的日子。我心滿意足地啟程，還不忘留下對那位老小姐的問候。回到R市以後，我立刻開始到處打探哪有小巧漂亮的宅邸，泰瑟幫了很大的忙，大部分時候他的妹妹也會一起協助，兩人都為我感到高興，期待著兩個小家庭未來愉悅的共同生活。

在這期間，我的歌劇寄抵了慕尼黑，兩個月之後，就在母親到達前夕，莫德寫信告訴我歌劇被採用了，但是這一季演出期已無時間排練，不過明年初冬就會上演。就這樣我獲得了一個可以和母親分享的好消息，而泰瑟在聽到這件事後，立刻辦了一場歡慶舞會。

母親在搬進我們雅致的花園小屋時哭了，她認為上了年紀還要來到陌生的土地落地生根並不是件好事，不過我卻覺得很好，泰瑟一家也這麼認為，看到布莉姬特能從旁協助母親真是叫人高興。這個女孩在城裡沒多少熟人，雖然她看起來並不孤單，但是當哥哥到劇場去時，她常常一個人待在家裡。現在她常到家裡來，不僅在整理家務和適應生活上幫忙，也協助我與母親向通往祥和平靜的共同生活的崎嶇道路上邁進。當我需要安靜獨處時，她知道要向母親解釋，並立刻伸出援手代替我；她會告知一些我想也想不到的，或者母親從未對我提起過的需求和願望；因此，我們很快就建立起一個小小的家，家中安寧平靜，不同於我從前所想像的家，顯得更樸實，但對於一個像我這樣不再有所奢求的人而言，已經是夠美好的了。

母親現在也認識了我的音樂，她並未全然贊許，多半不太表示意見，但是她看到了，也相信做音樂不是為了消磨時間或嬉戲，而是個工作，是一件嚴肅之事。以前她強烈認為我們音樂家的生活就如同走鋼索之類的雜耍藝人，但是她出乎意料地發現，我們像一般百姓一樣地認真，所付出的努力其實並不比過世的父親少。現在，我們倆也比較可以好好地談論父親了，漸漸地，我聽到了許多關於她和父親的故事，還有祖父母以及我自己童年的事情，使我愛上了這些往事和我的家庭，對它們深感興趣，我不再覺得自己被排除在這個圈子之外。相對的，母親也學會不干涉我，即便我把自己鎖在工作間裡或情緒激動時，她也信賴我。父親在世時，母親一直過得很幸福，因此與許妮蓓爾同住的那段試煉使她非常痛苦，現在她又重新開始信任別人，漸漸地也不再提起自己的年歲增長與形單影隻了。

在這所有的適愜與樸實的幸福中，長期與我為伍的傷痛與不快樂沉寂了，但是它並非落入無底深淵，而是仍舊潛伏在我心中，沒有消失；它偶爾會在夜裡疑惑地望著我，守著它的權利。過去的事情看似潛得越深，我的愛情與苦痛的形影就越是清晰地浮現在我眼前，停留在我心中，沉默地提醒著我。

有的時候，我以為自己知道什麼是愛情。早在青少年時期我迷戀上美麗輕佻的莉蒂時，就以為自己瞭解愛情；之後，在我第一次見到歌特蘿德，覺得她應該就是我問題的解答，也是我深沉願望的慰藉，那時，我也以為自己瞭解愛情；接著，當我開始感到痛苦，友情變成了熱情，明朗轉為黑暗，還有最後我失去她時，我都以為自己瞭解愛情。我對歌特蘿德的愛還在，而且一直伴著我，我知道自從她住進我心裡之後，我就永遠無法再對別的女人產生情慾，無法再渴望親吻另一個女人。

我偶爾會去拜訪她的父親，現在他似乎也知道了我和她的關係。他向我要我為歌特蘿德婚禮所做的前奏曲，給予我默默的祝福。他也許感覺得到我有多想知道歌特蘿德的消息，但是又多不願意問出口，因此告知我很多歌特蘿德來信的內容。她在信中常常提到我，特別是我的歌劇，她寫到已經為女高音的角色找到一個很傑出的歌手，以及她有多麼高興終於能夠完整聽到這部她早已熟悉的作品；知道我的母親搬過來同住，她也感到喜悅，至於關於莫德她又寫了些什麼，我就不得而知了。

我的生活過得很平靜，深淵裡的洪流不再翻攪上湧。我正在寫一首彌撒曲，腦海裡已構思出清唱劇曲，唯缺歌詞。當我不得不再去想歌劇時，那似乎已是個陌生的世界了，我的音樂已走上新的道路，它變得更單純、更沉著冷靜，它想給予安慰，而非引起激動。

在這段時間，泰瑟兄妹助我良多，我們幾乎天天見面，我們一起閱讀、演奏，也一起辦宴會與郊遊，只有在夏天的時候分開了幾個禮拜，因為我不想成為這對精力充沛的健行族的負擔。泰瑟兄妹再度前往蒂羅爾（Tirol）和福拉爾貝格（Vorarlberg）去健行，他們寄來了一盒小白花。我送母親去好幾年前就一直邀請她到訪的北德親戚家，自己則來到北海邊。我在那裡日夜傾聽著大海的老曲調，在鹹澀清新的海邊空氣中探索著自己的思慮與旋律。在這裡，我首次有心思寫信給遠在慕尼黑的歌特蘿德——不是寫給莫德夫人，而是我的朋友歌特蘿德，向她訴說我的音樂與夢想。我心想，也許她會很高興，也許一個安慰或友好的問候並不會讓她受到傷害，因為即使不願意，我無法不懷疑我的朋友莫德，所以始終默默地為歌特蘿德擔憂。我太瞭解他了，這個任性而多愁善感的人，他習慣照著自己的脾性過日子，絕不願意做出犧牲，他受制於那黑暗的本能，又在沉思的時候將自己的人生看做一場悲劇。如果羅爾老師向我描述的那些感到孤單和覺得不被瞭解等感受真的是一種病，那麼莫德就是罹患此病最嚴重的人。

然而，我沒有收到他的任何消息，他沒有寫信給我，就連歌特蘿德也只是簡短地道了謝，她要我秋天及早到慕尼黑去，我的歌劇排練馬上就要在演出季節開始時展開。

九月初，我們全都回到了城裡，恢復了日常的生活。一天晚上，我們一起在我的住所討論我夏天寫的作品，主要是一首鋼琴與雙小提琴的抒情小曲。我們演奏了這首曲子，布莉姬特・泰瑟彈奏鋼琴，越過我的曲譜可以看到她頭上用金色辮子盤成的深色髮髻，髻緣在燭光中閃著金光，她的哥哥站在她身邊演奏第一小提琴。這是一首簡單如歌的樂曲，靜靜詠嘆著，猶如逐漸消逝的夏夜，既不喜也不悲，而是在黃昏逝去的氛圍中飄蕩著，就像落日後燃盡的雲霞。泰瑟兄妹很喜歡這首小曲，尤其是布莉姬特，她很少對我的音樂做出評論，多半靜靜地表現出一種女孩式的崇敬態度，只是欽佩地望著我，因為她覺得我是一位了不起的大師。今天，她鼓起了勇氣表示自己特別喜歡這首曲子，用那雙淺藍色的眼睛誠摯地望著我讚嘆，點著頭的同時，金色髮辮的光芒也舞動著。她長得非常漂亮，幾乎可以說是一個美人胚子。

為了讓她高興，我拿起她的鋼琴樂譜，在上面用鉛筆題下了詞：「獻給我的朋友布莉姬特．泰瑟」，再把琴譜交還給她。

「這句話從現在開始將會留在這首小曲上。」我彬彬有禮地說，向她獻了個殷勤。她讀了那句題詞，臉慢慢紅了起來，朝我伸出小而有力的手，眼中突然噙滿了淚水。

「您是認真的嗎？」她輕聲問。

「當然是啊。」我笑答：「而且我覺得這首小曲非常適合您，布莉姬特小姐。」

她那仍帶著淚的眼神非常認真而有女人味，讓我很是吃驚，但是我沒有繼續留意。這時，泰瑟放下了他的小提琴，我母親早已了然他需要些什麼，便送進來裝著葡萄酒的玻璃杯。我們的談話熱烈了起來，為了一齣幾個禮拜前上演的輕歌劇爭論不休，直到他們兩人告辭時，看到布莉姬特眼中少有的煩躁，我才又想起這個小插曲。

在這段期間，慕尼黑那裡已經開始排練我的作品了。因為由莫德擔任主角是最穩當的，女高音又受到歌特蘿德的稱讚，因此對我來說管弦樂團和合唱團才是最重要的事情。我請友人代為照顧母親，啟程前往慕尼黑。

於早晨抵達後，我驅車穿過美麗寬敞的大街前往施瓦賓區，來到莫德住的那棟坐落寧靜的宅邸。我完全忘了歌劇一事，腦中只想著他和歌特蘿德，不知道他們怎麼樣了。車子於一間幾乎算是位在鄉間小路上的小房子前停了下來，房子矗立在染上秋意的樹木間，金黃色的槭葉被堆掃在路的兩旁。我忐忑不安地踏入屋內，屋子給人一種舒適而華麗的印象，一位佣人接過了我的大衣，引我進入一個大廳室。我認出了廳內兩幅從尹姆多公館帶來的大型古畫，另一面牆上則掛著一幅莫德的新畫像，這是在慕尼黑畫的。就在我端詳著畫的同時，歌特蘿德走了進來。

久別之後看到她的雙眼，我的心狂跳著；她不一樣了，那張變得嚴肅的成熟女人臉龐對我展開笑靨，但仍舊含著過去的情誼，真摯地與我握手。

「還好嗎？」她親切地問：「您變老成了點，但是看起來很好，我們等您很久了。」

她詢問了所有朋友以及她父親和我母親的近況。當談話逐漸熱絡起來，她忘記了一開始的羞怯時，我覺得她看起來和以前一模一樣，我的拘束感頓時消失了，和她像好友般聊著天，說著夏天去海邊的事、我的工作、泰瑟的事，最後甚至提到了可憐的許妮蓓爾小姐。

「那麼，」她大聲說道：「您的歌劇就要上演了呢！您一定會很高興的。」

「是啊！」我回答：「但是我最期待的，是能夠再一次聽您唱歌。」

她點點頭：「我也很開心期待，我常常唱歌，不過多半都是唱給自己聽，您所有的歌我們都來唱吧，我總是將歌譜留在手邊，我不會讓它們染上灰塵的。請您留下來用餐吧，我丈夫應該快回來了，他下午會陪您去拜訪指揮。」

我們走進樂室，我坐到鋼琴前，她唱起我之前的曲子，我沉默了下來，努力保持輕鬆愉快。她的聲音變得更成熟穩定，但是依然像以前一樣輕盈流暢，我想起了我生命中最美好的那些日子，深受感動，如同著了魔般俯首琴前，靜靜彈奏起過去的旋律，不時閉目傾聽，再也無法辨別今昔。她難道不屬於我與我的人生嗎？我們不也曾像兄妹與摯友般親密嗎？當然，她和莫德一起演唱時的唱法是不一樣的。

我們又坐著閒聊了一會兒，心情愉悅，彼此並沒有多說些什麼，因為我們都覺得兩人之間無需爭論。此刻我不去想她過得如何，以及她和丈夫之間的狀況，這些我之後都可以親眼看到。無論如何，她並未偏離自己的軌道，背棄自己的本質，就算她過得不好而且受著苦，那麼她也是高尚而不苦惱地承受著。

一個小時後，已經聽說我到訪的莫德回來了，他立刻談起歌劇，這齣歌劇似乎對任何一個人來說都比對我自己來得重要。我問他喜不喜歡慕尼黑，過得好不好。

「到哪裡都差不多，」他認真地說：「觀眾都不喜歡我，因為他們感覺到我也不喜歡他們，我很少一登台就被大家善意接受，每次都得我先抓住群眾，感動他們，我就是這樣在不受歡迎之下獲得成就的。不過我得承認，有的時候我也真的唱得很糟。你的歌劇對你我而言都將會是一項成就，這點你可以相信。我們今天去拜訪指揮，明天邀請女高音以及你想邀請的人過來，明天早上管弦樂團也要排練，我想你會滿意的。」

用餐時我觀察到他對歌特蘿德分外地客氣有禮，我完全不樂於見到這種情形；停留在慕尼黑的期間我每天都見得到他們倆，而他們一直都是這樣。他們是一對絕妙的璧人，到哪裡都給人這種印象，但是兩人之間的互動很冷淡，我認為只有歌特蘿德的堅強與內在的高貴能夠使他將冷淡轉化為禮貌與莊重。她似乎才剛從對英俊丈夫的熱愛當中甦醒過來，仍舊盼望著重返逝去的親密關係。無論如何，都是因為她而迫使莫德變好。她就是太完美、太高尚了，所以無法在朋友面前展現自己失望和不被理解的樣子，不能向任何人吐露她隱藏的痛苦，但即便如此還是瞞不過我。然而由於她也許會無法承受我理解或同情的眼神和表情，所以我們所談所做的一切，都像是她的婚姻沒有問題一樣。

這種狀態可以維持多久，的確令人懷疑，而且全視莫德而定，在這裡我首次見識到他的反覆無常被一個女人牽制住。我為他們兩人感到難過，但是對於情況變成這樣並未太過驚訝。他們倆曾擁有過熱情，也享受過熱情，現在他們若非學著放棄，忍受美好時光成為悲傷的回憶，就得設法找到通往新幸福與新愛情的道路。也許有了孩子會讓他們再度凝聚，即便不是再回到過往那個燃著愛火的天堂樂園，而是為了一個重新共同生活的美好願望，互相適應對方。我知道歌特蘿德有能力與胸懷為這方面努力，但是莫德是否也有？我不願多想。我很難過他們兩人之間那最初的熱情與喜悅的壯麗洪流已成為過去，但是我很高興還能夠看到他們不只是在外人面前，就連對彼此也依然保持著美麗與尊嚴的這種良好態度。

然而我不想接受莫德的邀請住在他家，而莫德也尊重我的意願。我每天都前去打擾，歌特蘿德很高興我的到訪，愉悅地與我聊天、演奏音樂，看到這樣我覺得很開心，因為這麼一來便不會只是我單方面受惠。

歌劇已經確定會在十二月公演，我在慕尼黑停留了兩個禮拜，每次樂團排練都到場參與，我必須刪掉或調整某些片段，但也看到了作品交付到傑出的樂者手中的樣子。看到男女歌手、小提琴手、長笛手、樂團團長與合唱團等詮釋我的作品，對我來說是件很神奇的事，這部作品對我來說已經變得陌生，它不再屬於我，而有了它自己的生命。

「等著看吧，」莫德偶爾會這麼說：「不久之後你就會呼吸到公眾人物那該死的空氣，我還真希望你不要成功，因為會有一堆人跟在你後面，叫喊著你，要你簽名，你將會感到眾人的崇拜有多好看可愛。現在已經有人在談論你的跛足了，這類事物就是受歡迎的話題。」

經過必要的排練與試演後，我就動身回家，打算公演前幾天再來。關於公演，泰瑟有問也問不完的問題，他想到了上百個我沒注意到的管弦樂團的小問題，對這件事抱著比我還要興奮不安的期待。當我邀請他和妹妹一起出席公演時，他高興地跳了起來；相反地，我母親卻不想參加這趟冬季旅行，也未表現出興奮之情，但是我並不覺得這樣不好。我漸漸開始感到緊張，晚上不喝一杯紅酒就睡不著。

到了初冬之際某日早晨，泰瑟兄妹駕著車來接我時，我們的小屋花園裡覆滿了積雪。母親在窗邊揮著手，車子出發了，圍著厚圍巾的泰瑟哼唱著旅行曲，在那段漫長的火車旅程中，他一路上都像個要去度聖誕假期的小男孩，而布莉姬特也安靜愉悅地一起分享這興奮之情。我很高興有他倆的陪伴，因為我無法保持平靜，心情就像一個待審判之人面臨著接下來幾天即將發生的狀況。

莫德在火車站等我們，他馬上就發現了我的症狀：「小子，你怯場啦！」他樂得大笑。

「那還真感謝老天！你畢竟是一個音樂家，不是哲學家。」

他是對的，因為我的不安一直到公演才停下來，那幾個夜晚我都睡不著。我們所有人之中只有莫德顯得平靜，泰瑟抑制不住煩躁，每次排練都到場，沒完沒了地批評。排練時他都精神緊繃焦躁地坐在我身邊，遇到棘手的地方便握著拳頭大聲地打拍子，或讚美，或搖頭嘆息。

「這裡少了長笛！」第一次樂團排練時，他就大聲地叫了出來，搞得指揮朝我們這裡怒目而視。

「我們必須刪掉這裡的長笛。」我微笑著說。

「長笛？刪掉？是嗎？為什麼呢？開什麼玩笑！小心這會毀了你整個序曲。」

我笑了笑，努力拉住這般瘋狂賣力的他；然而一到了序曲裡中提琴和大提琴演奏的樂段，這是他最喜歡的部分，他便閉上眼睛往後靠，使勁握住我的手，隨後害羞地輕聲低語：「啊，這一段讓我溼了眼眶，太美妙了！」

我還沒聽過女高音角色的演唱，第一次聽到這個角色由一個陌生的聲音來詮釋，我覺得奇怪又難過。這位女歌手唱得很好，我立刻向她致謝，但是心中想著的卻是歌特蘿德唱著這些詞句的那幾個午後，覺得有一種無法言喻的憂傷不快，就像將一個珍愛之物送人後，首次在別人手裡看到它一樣。

這幾天我很少見到歌特蘿德。碰到面時，她都帶著微笑關注著我的焦躁不安，讓我獨自冷靜。我和泰瑟拜訪過她一次，她愉悅溫柔地接待了布莉姬特，布莉姬特相當讚嘆這位美麗又高貴的夫人。自此之後，這個女孩便很仰慕這位美麗的夫人，對她聲聲讚揚，而她的哥哥也同聲附和。

公演前兩天的情形我已經不太記得了，當時我自己是一團糟，另外還發生了其他插曲，有一個歌手的嗓子啞了，另一個則因為沒獲得重要角色而覺得受到侮辱，在最後一次排演時態度非常惡劣；我的意見越多，指揮就越嚴肅冷淡；莫德不時會出手幫我，沉著冷靜，微笑地面對這些紛亂，在這種情況下，他對我而言比善良的泰瑟要有用得多；泰瑟就像個縱火者一樣時不時竄出，到處吹毛求疵。當我們在空閒時間鬱悶且沉默地一同坐在旅館裡時，布莉姬特會以崇敬但帶點同情的眼神看著我。

時間就這麼過了，公演之夜終於來臨。觀眾入席時，我站在舞台後面，卻無事可做，或者給予任何意見。最後，我去找已經換好戲服的莫德，他在某個小房間或角落裡，遠遠離開這些喧囂，慢條斯理地喝掉了半瓶香檳。

「你要不要來一杯？」他關心地問。

「不用。」我說：「這不會刺激你嗎？」

「什麼東西？外面的紛亂？一直都是這樣啊。」

「我是說香檳。」

「喔，不會，香檳讓我冷靜。我要做些什麼的時候，都會喝個一、兩杯。現在該出去了，時間到了。」

一位侍者引我進入包廂，歌特蘿德、泰瑟兄妹以及一位劇院高層人員已經在那兒了，他微笑著問候我。

我們馬上聽到第二聲鈴響，歌特蘿德親切地看看我，朝我點點頭。泰瑟坐在我身後，抓住我的胳膊，緊張地掐了掐我。劇場暗了下來，我的序曲從深處莊嚴地朝我飄來，我現在已經冷靜多了。

此時此刻，我的作品拔地而起，聽在耳裡既熟悉又陌生，它再也不需要我了，它已有了自己的生命。往昔的喜悅和辛勞，願望與無眠之夜，當時的熱情與慾望，都已脫離了我，以新的姿態站在我面前；那些祕密時光裡的激動，自由競逐著流洩在劇院裡，撼動上千顆陌生的心。莫德上場了，他壓抑著力量，逐漸增強，再使出全力，以他那深沉而憂鬱的熱力唱著，而女歌手則報以高亢飄揚的明亮歌聲。接著來到了一個歌特蘿德唱過的片段，她的歌聲清晰猶在我耳際，這個曲段是對她的致敬，同時也是我對她的愛的輕聲告白。我的目光轉向她那沉靜清澈的雙眼，她的眼神理解而友善地向我致意，有一瞬間，我覺得我那青春年華的所有意義，彷彿成熟果實的美妙香氣般觸動著我。

從那一刻起，我冷靜了，像觀眾一樣觀賞聆聽著。掌聲響起，男女歌手現身布幕前鞠躬，觀眾不斷叫喚莫德，他冷冷地向著明亮的劇場微笑。眾人也要求我出來亮個相，但是我已經飄飄然的了，也沒什麼興趣從我那舒適的隱身處跛著腿出來。

相反地，泰瑟笑得宛如朝陽，他給我一個擁抱，主動伸手握住那位劇院高層的雙手。

宴會已經準備好了，就算演出沒有成功應該也會準備的吧。我們驅車前往宴會場地，歌特蘿德和她的夫婿一起，我則和泰瑟兄妹同行。在這段短短的路程中，一直沒有說話的布莉姬特突然哭了起來。起初她克制著想要忍住，但隨即用雙手摀著臉，眼淚奔流而下。我不知道該說什麼，驚訝連泰瑟也保持沉默，沒有問她任何問題。他只是伸手摟住她，像要安撫小孩一樣慈愛地喃喃安慰她。

之後，在握手、祝福與乾杯聲中，莫德嘲諷地瞅著我。大家熱切地向我詢問下一部作品，當聽到我說是一部清唱劇時都顯得很失望。接著，眾人舉杯為我的下齣歌劇祝福，不過直到今天為止我都還沒寫出來。

一直到夜已經很深了，我們從宴會脫身準備就寢時，我才得以問泰瑟他妹妹怎麼了，為什麼哭，而布莉姬特早已就寢了。我的朋友有些驚訝地打量著我，搖了搖頭，吹起口哨，我又重複了一次我的問題。

「你還真是個蠢蛋，瞎了眼的蠢蛋。」他責備地這麼說：「你難道從來沒感覺到什麼嗎？」

「沒有。」我說，心中逐漸明瞭實情。

「那麼，我就說了吧，這個女孩喜歡你很久了，當然她沒有跟我說過，也沒對你說，但是我自己發現了，老實說，如果能有什麼結果，我倒是很樂見。」

「唉，天哪！」我說，心中深感難過：「但是今天晚上是怎麼一回事？」

「你說她狂哭嗎？你真是天真！你真的覺得我們什麼都沒看見嗎？」

「看到什麼？」

「我的老天！你不需要告訴我，而且你一直以來都沒有說也是對的，但是你不該那樣望著莫德夫人，我們現在都已經瞭解了。」

我沒有請他保守祕密，我很信賴他，他默默地把手放在我的肩上。

「好友，我現在完全可以想像這些年你都吞下了什麼而沒有向我們提起，我以前也有過類似的經驗，現在，讓我們勇敢地同心協力，一起創造美妙的音樂，好嗎？還有，那女孩會好起來的。把手給我，今天實在太棒了！我們家裡見了！明天一大早我就和妹妹先離開了。」

我們就這樣分開了，但是不一會兒他又跑了回來，懇切地說：「你啊，下次演出務必重新加入長笛好嗎？」

愉快的一天就這麼結束了，但是我們每個人都激動地思考著事情，久久不能成眠。我想到了布莉姬特，她一直都在我的身邊，但是我只把她當成一個好朋友，而且也這麼希望著，正如同歌特蘿德對我一樣；當她發現我愛著別人時，她的心情也和我當初在莫德那兒發現那封信，想上膛結束自己生命一樣。這讓我覺得很難過，卻又不由得微笑起來。

我停留在慕尼黑的那幾天，大半都是和莫德夫婦一起度過的。這樣的聚首已經不同於最初的那幾個午後，當時我們三人才剛開始一起演奏與歌唱；但是在公演的餘暉之中，我們都無聲地想起了那段時光，而莫德和歌特蘿德之間也隨之偶然燃起了光芒。道別之後，我猶站在外頭凝望著那幢冬林中的寧靜宅邸好一會兒，心中期盼能夠偶爾回來造訪；為了協助屋裡的兩人重新並永遠在一起，我願意獻出我那些許的滿足與幸福。

第八章

返家之後，正如同莫德事前所說，我感受到成就呼聲引來的眾多令人不舒服且部分還很可笑的後果。我將歌劇全權交給一位經紀人處理，輕鬆推掉了公事上的繁瑣事宜，但還是來了很多訪客，報社的人、出版商以及愚昧的信件，我花了一段時間才讓自己習慣這種迅速成名所帶來的小小負擔，並從一開始的失望當中回復過來。不論是對天才兒童、作曲家、詩人還是強盜殺人犯，人們都以奇特的方式向成名之人提出要求、滿足自己的權利，有的人要照片，有的人要簽名，還有人來討錢，每個年輕同行都把他們的作品寄過來，使勁地奉承，請求給予評價；如果不回應他們，或者真的說出自己的看法，那些崇拜者會突然變得憤恨粗野，一心想要報復。雜誌開始報導這個人的生平、出身與外型，以前的同學們也想起了他，遠房親戚則聲稱早在很多年前他們就說過這個表親有一天一定會成名。

在這些讓我難堪或困窘的信件中，有一封是許妮蓓爾女士寄來的，是一封令我們發噱的信，另外還有一封信來自一位我已久未想起的人——美麗的莉蒂。她信中沒有提到我們坐雪橇那件事，完全用一位忠誠老友的口吻來寫信；她嫁給了一位家鄉的音樂老師，信中還留有她的地址，以便我隨後能將所有作品連同美麗的獻辭一起寄給她。她也附上了她的畫像，畫中那熟悉的面容變老了，顯得粗糙，我盡可能友善地給了她回信。

不過這類小事很快就不著痕跡地過去了，就連我那美妙的成功果實，以及結識了真心喜愛音樂而非嘴上說說的高貴優雅人士等事，也不屬於我真正的生活。我的生活一如既往維持著平靜，自此鮮少有變化，值得一提的，就只剩下我的摯友們的命運轉變了。

年邁的尹姆多先生已經不像歌特蘿德還在家的時候那樣常常交際了，但是每隔三週仍舊會在他那棟圍繞著許多畫作的宅邸裡舉辦一場特別邀約的室內樂晚會，我定期前往參與，偶爾也帶泰瑟一起去，不過尹姆多先生也歡迎我另找其他時間造訪。因此我不時會在他最喜歡的時刻，即向晚時分，到他掛著一幅歌特蘿德畫像的簡樸書房去。漸漸地，老先生和我之間產生了一種表面上冷淡，卻很穩固的知心關係與交談的需求，我們的話題幾乎都圍繞著兩人心之所繫。我不得不說起慕尼黑的事情，對於他們夫婦關係給我的印象毫不隱瞞，老先生點了點頭。

「一切都會好轉吧！」他嘆口氣說：「但是我們什麼也不能做。我很期待夏天的到來，屆時那孩子會回來兩個月。我很少去慕尼黑找她，也不喜歡去。她自己也表現得很堅強，所以我不能去打擾她，讓她軟弱下來。」

歌特蘿德的來信沒有帶來新消息，但是當她於復活節回來探望老先生，同時也到我們的小窩來拜訪時，她看起來顯得削瘦而緊繃，雖然對我們非常親切，試著要隱藏起來，但是我們仍然在她那變得凝重的雙眼中看到了不尋常的絕望感。我為她演奏我的新曲，但是當我請她為我們唱首歌時，她搖了搖頭，拒絕地望著我。

「下次吧！」她含糊地說。

我們全都看得出來她過得不好。她父親事後向我表明，他曾建議她留下來不要回去，但是她拒絕了。

「她愛他。」我說。

他聳聳肩，憂愁地看看我：「啊，我不知道。有誰可以看透苦痛呢！不過她說，她是為了他才留在他身邊的，他已支離破碎，很不快樂，他比自己所知還需要她，雖然他沒對她說過，不過已經全寫在臉上了。」

接著，老人家的聲音沉了下來，非常小聲而感到羞恥地說：「她說他會喝酒。」

「他一直都會喝一點的，」我安慰地說道：「但是我沒看過他喝醉，他很重視形象。他是個神經質的人，不會去規範自己，但是他自己因為本身性情所受到的苦，也許要比他帶給別人的痛苦更多。」

我們全都不知道這兩個美麗出色的人默默承受著多大的苦痛。我不認為他們曾經停止去愛對方，但是歸根究柢，兩人的性格並不相合，只有在激情時刻的興奮與眩目中才會相契。莫德從來不懂得要開朗認真地接受人生，或透澈瞭解自己性情並平靜呼吸，以致歌特蘿德只能忍受與同情他的激動和苦思，他的墜落與再振作，以及他永無止盡的渴求忘卻自我與買醉，卻無從改變他，也無法與他共苦。他們就這樣愛著彼此，但是未曾完全契合。莫德發現自己心中默默希望藉由歌特蘿德獲得平和與滿足的願望落了空，而歌德羅德則是得認清並忍受自己的心意與犧牲徒勞無功，即便是自己也無法安慰得了他，將他從自身的問題中解救出來。就這樣，兩個人各自的祕密夢想與最渴念的願望全都破滅了，他們只能靠著犧牲與珍惜相依，能做到這樣是很有勇氣的。

直到夏天莫德帶著歌特蘿德回來找她父親時，我才再度見到他。當時他對歌特蘿德和我都很溫柔小心，我從沒見過他這樣，這使我充分瞭解到他有多害怕失去她，同時我也覺得他將承受不起失去她。但是歌特蘿德顯得很疲倦，為了重新找回自己，再度獲得力量與鎮靜，她只求能安穩平靜地過日子。我們在我家的庭園裡度過一個溫暖的夜晚，歌特蘿德坐在我母親與布莉姬特中間，握著布莉姬特的手；莫德靜靜地在玫瑰叢中來回踱步，我則和泰瑟在露台上演奏小提琴奏鳴曲。歌特蘿德安靜地在那兒休息，呼吸著平和時刻的空氣，布莉姬特崇拜地依偎在這位受苦的美麗女子身旁，莫德輕聲踏著步伐在外面的陰影中走動、傾聽，這些景象就像抹滅不掉的畫面深深刻在我的心中。後來莫德小聲促狎地對我說：「那三位女士坐在一起真好啊！三人之中只有你的母親看起來是快樂的。希望我們老了以後也能這樣。」不過他的眼神是悲傷的。

其後，我們各自踏上旅程，莫德獨自前往拜羅伊特（Bayreuth），歌特蘿德隨著父親到山裡去，泰瑟兄妹去了施泰爾馬克（Steiermark），而我則再度和母親來到北海邊。在那裡我常常到海灘上聆聽海的聲音，心中想著和幾年前青春初期時一樣的事情：對人生中的悲哀與狂亂感到驚訝與恐懼，想到愛情可能會是徒勞一場，想到彼此認為相契的兩人，卻都互相擦身而過，各自活在自己無法理解的個人命運中，兩個人都那麼想幫助與接近對方，卻都辦不到，彷彿置身無意義而混亂的恐怖夢魘之中。我也時常想起莫德關於年輕與年老的論點，很好奇自己的人生將來是否也會變得單純又清晰。當我在聊天時提到這個話題的時候，母親報以微笑，樣子看起來真的很滿足。她使我慚愧地想起了我的朋友泰瑟，他還不是很年長，卻已經成熟到理解自己的人生，像個孩子一樣將莫札特的旋律掛在嘴邊，無憂無慮地過日子。我明白了這與年歲無關，也許我們的痛苦和無知就只是羅爾老師曾向我提過的那種病，抑或，這位聰明的人也和泰瑟一樣像個孩子呢？

無論如何，我的想法和思慮沒有任何改變。當我的心靈受到音樂的撼動時，毋須言語，我便瞭解了一切，感受到所有生命深處的純淨和諧，覺得自己已明白，在所有事情當中都藏有意義和美麗的法則，即使這是個錯覺，我還是幸福地生活在其中。

如果歌特蘿德夏天時沒有和她的丈夫分開的話，情況也許會比較好。雖然她開始復原了元氣，我在秋天旅行歸來後再度見到她時，看她真的變得健康多了，也更有抵抗力，但是那些我們由於她的恢復而抱持的希望，卻全都是錯覺。

歌特蘿德在父親身邊安好地生活了幾個月，她可以恣意滿足自己想獲得寧靜的需求，在這種不用終日奮鬥的平靜狀態中讓自己緩一緩氣，就像一個疲倦的人一樣，只要躺到床上，能睡多久就睡多久。但是情況顯示，歌特蘿德心力交瘁的程度比我們先前以為的以及她自己所知的還要深。因為莫德不久後就要來接她了，她又陷入絕望的恐懼中，無法成眠，急切地懇求父親讓自己再多留下來一段時間。

當然，尹姆多先生有些吃驚，因為他以為歌特蘿德會高興地帶著全新的力量和意志回到莫德身邊，不過他並未反對她留下來，甚至小心翼翼地建議她可以藉由暫時性的長期分居，作為日後離異的準備，然而卻遭到她激烈的反對。

「我是愛他的！」她激動叫著：「我絕對不會對他不忠，只是，要和他一起過日子好難啊！我只是想再多要一點點安寧，也許幾個月，直到我重新鼓起更多的勇氣為止。」

老尹姆多試著安撫她，自己完全不反對女兒多留在身邊一段時間。他寫信給莫德，告訴他歌特蘿德還沒痊癒，以及她希望在家裡再住一陣子。可惜莫德無法輕鬆接納這份訊息，在分開的這段期間，他對妻子的渴望變得非常強烈，他愉悅地盼著她，一心一意要再度完全獲得她、占有她。

現在，尹姆多先生的來信對他而言是個沉重的打擊，他隨即激動地回了信，信中充滿對岳父的猜疑，莫德認為是岳父希望他們離婚而做了不利於他的事情，他要求立刻和歌特蘿德見面，並確信自己有希望贏回妻子的心。老先生帶著這封信來找我，我們思考了很久該怎麼辦，我們兩人都認為眼下應避免他們夫妻碰面，因為歌特蘿德目前顯然還無法承受任何風暴。尹姆多先生極為憂心，他請求我前去找莫德，說服他讓歌特蘿德再休息一陣子。現在的我明白當時應該是要那麼做的，但是當時的我心存顧慮，認為讓我的好友知道我受到他岳父的信賴，並且熟知他那些不想親口告訴我的生活狀況是會很危險的，因此我拒絕了，老人家只得再寫一封信過去，當然，這封信並沒有使情況好轉。

相反地，莫德在沒有告知之下自己跑來了，他無法克制自己熱烈的愛欲和猜疑，把我們全都嚇了一跳。歌特蘿德並不知道先前那些信件的往返，對莫德出乎意料之外的到訪以及他近乎憤怒的激動感到非常震驚而迷惘。他們發生了一場不愉快的爭執，詳情我不是太瞭解，只知道：莫德逼迫歌特蘿德和他一起回慕尼黑，她表示如果沒有別條路可行，她會跟他回去，但還是請求他讓自己多留在父親身邊一段時間，她很累，需要靜養。他責備是因為她想離開他，說她受到父親的慫恿，她的柔性說明反使莫德更加疑心，爆發而出的暴怒與憤恨讓他變得愚昧，索性對她下達回到他身邊的命令。這激起了她的自尊心，她保持冷靜，但是拒絕繼續聽他說話，並且表示無論如何都要留在這裡。隔天早上，這場爭吵獲得了某種和解，莫德既羞愧又後悔，歌特蘿德所有要求他都應允，接著沒有告訴我一聲便離開了。

我聽到這件事時相當震驚，我從一開始就害怕會發生的不幸發生了。由於那場醜惡愚蠢的爭吵，我認為歌特蘿德要重新變得開朗以及獲得回到莫德身邊的勇氣，將需要一段很長的時間；而莫德則很可能會在這段期間變得粗暴，即便極度渴望她，但卻會與她更疏遠。他將獨自待在那間他曾經度過一段快樂時光的房子裡，但是無法堅持太久，他會變得絕望，開始酗酒，可能還會再度去找那些本來就跟在他後頭跑的女人。

這段日子平靜地過了，他寫信給歌特蘿德，再次請求原諒，她回信給他，滿懷同情與善意地要他忍耐。這段期間我很少看到歌特蘿德，偶爾我會試著勸她唱唱歌，但是她總是搖頭以對，不過我曾多次看到她坐在大鋼琴前。

在我的眼裡，這位美麗自信的女子從前總是充滿活力，開朗活潑且內心平和，但是現在卻顯得畏縮，內心深處晃動不安，這讓我感到很奇怪，也很害怕。她偶爾會來找我的母親，親切地問起我們的情況，在灰色的長沙發上倚著老婦人坐一會兒，試著閒話家常，我則心碎地聽著、看著她努力擠出一絲微笑，維持假象，彷彿我或其他任何人都不知道她的痛苦，又或者我們只會把這些當成一種神經衰弱或表面的孱弱而已。因此我幾乎無法直視她的眼睛，因為她眼中清楚寫著我不應該知道而她又無法說出來的悲傷。日子過去，我們聊天、碰面，彷彿什麼事都沒有發生，但其實都羞於面對對方，彼此互相迴避著！在這團悲哀的混亂情愁中，偶爾我會因突然的激情而想像著，她的心已經自由了，不再屬於她丈夫，現在我的機會來了，我不能再讓她溜走，我要贏得她的青睞，用我的胸膛保護她不受風暴苦痛折磨。我把自己關了起來，開始演奏我歌劇中狂熱求愛的樂章，我突然又愛上了、理解了這些旋律。在激情澎湃的夜晚熱切飢渴的我躺在床上，再次承受著所有青春時期已微笑克服過的煎熬以及無法滿足的慾望，痛苦程度不下當年，這是由於當初我為她燃起了熊熊愛火，並給了她那獨一無二的、我無法忘懷的一吻。那一吻又在我的脣上灼熱著，多年來的寧靜與斷念瞬間燒成了灰燼。

只有在歌特蘿德面前，這愛火才會沉熄下來。倘若我真的夠愚昧又卑鄙到不顧慮她的丈夫——我的朋友，而恣意向她求愛，在這位飽受煎熬卻固執強忍傷痛的溫柔女性的目光之下，除了同情與小心呵護之外，若對她懷有其他意圖的話，我必會感到羞慚；而她，若承受的痛苦越多，或者失去的希望越多，也將會變得更孤傲，更難以接近。她從未擺出如此高不可攀的尊貴姿態，仰著優雅的暗色金髮，不允許我們任何人露出一丁點兒想去親近她、幫她承擔的意圖。

這幾個漫長而沉默的星期，也許是我生命中最痛苦的一段時間。這頭是歌特蘿德，近在咫尺卻碰觸不到，我無法靠近想獨處的她；另一頭是布莉姬特，我知道她愛著我，經過一段時間的疏遠之後，我與她又慢慢恢復適當的來往；在我們所有人之中還有看著我們受苦的母親，她對一切了然於心，但卻不敢多言，因為我頑固地保持沉默，不願透露半句關於自己情況的話語。最糟糕的是，我必須眼睜睜旁觀這些致命之事，束手無策，在深知我的好友們正在耗損自己的情形下，卻不能表現出一點點我對此事的知悉。

受苦最深的顯然是歌特蘿德的父親。幾年前我剛認識他的時候，他還是位聰明、硬朗、穩重而快活的老先生，如今卻變得蒼老，已不同於以往，說話聲音微弱不安，也不再說笑，看起來憂心忡忡的，很是可憐。十一月的某天，我去拜訪他，除了安慰陪伴他以外，更想知道些新消息，給自己一點希望。

他在自己的書房接待我，遞給我一支珍貴的雪茄，用一種客氣輕鬆的口吻聊起天來，這耗費他很大的心力，他旋即便放棄了，露出悲傷的笑容看著我，說道：「您想問怎麼樣了吧？很不好，親愛的先生，很不好。那孩子承受的遠比我們所知的還要多，否則她應該很快就能振作的。我決定讓他們離婚，但是她不願意聽到這些。她愛他，至少她是這樣說的，但是她卻又畏懼他！這並不是件好事，她病了，這孩子，她把雙眼閉上，不想再去看，她以為大家不要管她，只要等待著，情況就會好轉，當然，這無疑是一種精神上的緊繃，但是她似乎病得更深，您想想看，她有的時候甚至會擔心，倘若回到了丈夫身邊，會受到丈夫的虐待！然而她竟然覺得自己愛他。」

他似乎不瞭解歌特蘿德的想法，無助地看著事情發展。我能理解歌特蘿德的痛苦，這是一種情愛與自尊之間的鬥爭，她害怕的不是被他毆打，她害怕的是自己無法再敬重他，她希望能在自己的恐懼等待中重獲力量。她控制過他、吸引著他，但是卻同時弄得自己精疲力竭，她懷疑自己還有力量可以繼續這樣下去，這就是她生的病。現在的她雖然渴望著莫德，但也害怕如果重新一起生活的嘗試失敗了，便會完全失去他。我已看清我那無恥的愛情幻想是多麼的盲目與徒然，歌特蘿德愛著她的丈夫，她絕不會和其他人走的。

老尹姆多知道我和莫德是朋友，所以避而不談莫德，但是他痛恨莫德，無法理解他為何能讓歌特蘿德著迷，他認為莫德就像一個壞巫師，擄走了善良之人後便絕不釋放。愛情永遠都是個謎，無法解釋得了。令人遺憾的是，命運絕不會憐惜祂最親愛的子女，往往完美無瑕之人就必定會愛上毀滅自己的人事物。

在這團混亂之中，我收到一封猶如救贖的莫德來信，他寫道：「親愛的庫恩！你的歌劇現在各地都有演出，也許演得比這裡還好，即便如此，如果你能再過來一趟，例如下週，我將二度演唱你寫的角色，那將會很美好。你知道的，我妻子正在病中，這裡只有我一個人，所以你住我這的話，不會感到不自在，但是不要帶任何人來！你真摯的莫德。」

如果非必要的話，他是很少寫信的，因此我立刻決定動身，他一定很需要我。有那麼一瞬間我考慮要不要告知歌特蘿德，也許這是個打破僵局的好機會，也許她會要我帶封信或帶些好話給他，也許會要他過來，甚至有可能自己一同前往，不過這只是個一閃而逝的念頭，我並未付諸實行，只在啟程前拜訪了她父親。

那是個不舒服、潮溼又颳著狂風的晚秋，整座城市灰暗且陰雨連綿，從慕尼黑遠望，只偶爾有一整個小時的時間可看到周遭覆蓋著初雪的山峰。我隨即搭車前往莫德家，那裡的一切和一年前一模一樣，同一個佣人，同樣的房間，相同的家具陳設，只是一切看起來很空虛，彷彿無人居住，另外也少了通常由歌特蘿德打點的花卉擺設。莫德不在家，佣人引我到我的房間，幫我打開行李。因為主人還沒回來，我換過衣服後便下樓前往樂室，聽著雙層窗戶外沙沙作響的林木，想起了過往。我坐在那裡，觀看那些畫作或是翻閱那些書本越久，心裡就越覺得悲傷，彷彿這個家再也無法可救了。為了擺脫那突然的思緒，我悶悶不樂地坐到大鋼琴前，彈起我的婚禮前奏曲，好像這樣就能喚回往昔的美好。

終於，我聽到隔壁傳來了急促而沉重的腳步聲，海因利希・莫德走了進來，他和我握了握手，一臉倦容地看著我。

「抱歉，」他說：「我在劇院裡忙，你知道的，我今晚要演唱，我們現在用餐好嗎？」

他走在前頭，我發覺他變了，精神渙散，漫不經心，只談論劇院的事，似乎不想聊其他話題。直到用餐完畢，我們沉默而近乎尷尬地面對面坐在黃色的籐編沙發上，他突然開口說：「你能來真是太好了！我今晚也會特別賣力的。」

「謝謝。」我說：「你看起來不太好。」

「是嗎？現在我們放輕鬆點，我是個活鰥夫，你知道的。」

「唉……」他的眼神移向一旁。

「你沒有關於歌特蘿德的消息嗎？」

「沒什麼特別的，她還是一樣精神很緊繃，睡不好。」

「好吧，我們別管這個了！她在你們那裡被照顧得很好。」

他站了起身，在房裡踱步，看似仍有話想說，我覺得他用審慎且懷疑的眼神打量著我。

接著，他笑了起來，什麼也沒說。

「那個珞蒂又出現了。」他說起新話題。

「那個珞蒂？」

「對，那個去找過你，向你抱怨我的珞蒂。她在這裡，已經結婚了，她似乎仍對我有興趣，她來過這，正式地來拜訪過。」

他又狡黠地看著我，看到我受驚的樣子，他笑了出來。

「你接待她了嗎？」我遲疑地問道。

「啊！你是這樣看我的啊！沒有，珍貴的朋友，我打發她走了。抱歉，我說了這些蠢事，我實在累得要死，晚上還得要演唱，如果你不介意的話，我想上去躺個一小時睡一下。」

「好，海因利希，你好好休息，我去城裡一下，你可以幫我叫輛車嗎？」

我不想又愚蠢地坐在這棟房子裡聽著林中的風聲。我搭車進城，沒有特別的目的地，後來進了舊美術館（Alte Pinakothek）。就著昏暗的燈光看了半小時的古畫後，美術館就關門了；接下來除了坐在咖啡廳裡看看報紙，透過高大的玻璃窗凝望雨中的街道外，我想不到更好的事情可做。我決定無論任何代價都要打破這個僵局，坦率地和海因利希談談。

然而我回去後，發現他滿臉笑容，心情很愉快。

「只是睡眠不足而已，」他快活地說：「我現在又精神奕奕啦！你可以彈些什麼給我聽嗎？彈那首前奏曲，如果你願意的話。」

我很高興也很訝異看到他如此迅速的轉變，便如了他的願，演奏完畢後，他又像從前一樣用帶著諷刺及些許狐疑的口吻開始高談闊論，心情五彩斑斕，再次完全虜獲我的心，我憶起了我們剛開始成為朋友的那段時光。傍晚出門時，我不自主地看了看四周，問道：「你沒養狗了嗎？」

「沒有。——歌特蘿德不喜歡狗。」

我們沉默地搭車前往劇院，我向樂團團長打過招呼後，便被領到座位上。再度聽到那熟悉的音樂，但一切都已經與前一次大不相同。我獨自坐在包廂裡，歌特蘿德不在這，而在下面表演唱歌的那個人，也換了一個人了。他激情而使勁地唱著，觀眾似乎很喜歡他演唱這個角色，從一開始就深深地被吸引住，但是我卻覺得他的熱情太過誇張，他的聲音幾乎是粗野地往上升。第一節中場時我下樓去找他，他一樣是坐在自己的小房間裡，喝著香檳，我們交談了幾句話，但是他的眼神卻飄忽不定，就像微醺了一樣。之後，我在莫德換衣服時去找了團長。

「請告訴我，」我請求他：「莫德是不是病了？我覺得他好像利用香檳來支撐自己，您知道的，他是我的朋友。」

那個男人懷疑地望著我。

「我不清楚他是不是病了，但很明顯的，他在糟蹋自己，有的時候，他幾乎是在喝醉的狀態上台的；如果沒喝酒，他就演得很不好，唱得很糟。以前他上台前都會先喝一杯香檳，但是他現在是喝掉一瓶以上，如果您要給他忠告的話——不過不會有用，莫德是硬要毀了自己。」

莫德來接我，我們在附近的酒館吃晚餐，他又像中午一樣精疲力竭，令人難以接近，毫無節制地喝著深色的紅酒，否則大概就無法入眠，他看起來似乎想付出一切代價，去忘卻這世界上，除了他的疲憊與睡眠需求以外，還有其他事物。

回家的車上他清醒了一會兒，衝著我笑，喊著：「小子，如果沒有我，你就可以將你的歌劇醃漬起來啦！那個角色，除了我以外，沒有人唱得來。」

隔天，他很晚才起床，看起來疲憊無力，眼神渙散，臉色蒼白。用過早餐後，我教訓了他一頓，勸戒他。

「你這是在自殺，」我難過又生氣地說：「你用香檳振奮自己後，當然就要付出代價，我可以猜到你為何要這麼做，如果你沒有太太的話，我也不反對你這麼做，但是你必須要為了她維持自己內外在的清朗與堅強。」

「是嗎？」他虛弱地露出微笑，顯然我的激動逗樂了他：「那她又應該為我做什麼呢？她有堅強嗎？她躲在她爸爸身邊，撇下我一人，如果她也做不到，為什麼我就得振作精神呢？大家早就知道我們之間完了，你也知道啊。除此之外，我還是得演唱，扮小丑給別人看，這些是無法憑空辦到的；我對所有事情，特別是對藝術感到厭惡，我是無法獨力做出什麼的。」

「即便如此，莫德，你還是得以其他方式重新開始！假使你這個樣子讓你覺得幸福的話，就算了！但是你現在真的是糟透了，如果演唱對你來說負擔太重，就去度個假，你馬上就可以請到假的；而且你也有錢，不是非得要演唱賺錢。去山上、海邊或任何一個地方走走，你會恢復健康的！還有，不要再喝那該死的酒了！你很清楚，喝酒不僅愚蠢，還很孬。」

他只是露出微笑，冷冷地說：「好啊。那你也去跳支華爾滋啊！這會對你有好處的，相信我！不要一直想著你那隻笨腳，那只是個自負的幻覺！」

「不要這樣。」我憤怒地叫道：「你很清楚這是兩回事！如果可以的話，我很樂意跳支舞，但是我辦不到，可是你是可以機靈點、好好振作起來的。你一定得戒酒！」

「一定！親愛的庫恩，還真是好笑。就像你不能跳舞一樣，我也不能做什麼改變和戒酒。如果我想活下去，保持好心情，我就一定得喝酒，你懂嗎？酒鬼只有透過宗教救世團或在某處發現可以讓自己更好或持續感到滿足的事物，才會把酒戒掉。我曾經有過這樣能夠獲得慰藉的東西，那是女人；但是自從我結了婚，而我的妻子拋棄我之後，我就再也無法和其他女人來往了，所以……」

「她沒有拋棄你！她會回來的，只是現在生病了而已。」

「這是你的想法，她自己也是這樣認為的，我知道，但是她是不會回來的。船要沉之前，老鼠會先逃走；很有可能牠們並不知道船會壞掉，而只是因為感覺到一股不舒服的寒顫便跑了，逃走時，肯定是抱著不久後再回去的想法。」

「啊，別這麼說！你以前也常對人生感到絕望，但是也都度過了啊。」

「沒錯，是過去了，那是因為我找到了慰藉或麻醉了自己。有時是靠女人，有時是靠好友——是啊，你也曾這樣幫助過我！——還有時候是靠音樂或劇院裡的掌聲，但是現在這些都無法再讓我開心起來，所以我才喝酒的。如果不事先喝兩杯我就唱不出來——不先喝個幾杯的話，我也會無法說話，無法思考，無法生活，無法忍受下去。總而言之，你最好盡量不要對我說教。十二年前也發生過類似的事，當時也是因為一個女孩子，有個人對我說教，不肯讓步，那個人剛好也是我最好的朋友——」

「後來呢？」

「後來他逼得我不得不把他轟走，之後我有很長一段時間沒有朋友，直到你出現為止。」

「那很明顯。」

「對吧？」他柔聲說：「那麼你現在可以自己決定，但是我想告訴你，如果現在連你也離我而去，那樣並不好。我很喜歡你。哎，我已經想好了，你應該也要開心一下。」

「是嗎？怎麼做呢？」

「你看，你喜歡我的妻子——或者至少你曾經喜歡過她，我也喜歡她，而且是非常喜歡。我們今晚來慶祝一下，只為了你和我，一起向她致敬。這是有原因的：我請了人為她畫一幅畫像，她春天時就得不時去那個畫家那兒，我也常常一起去，後來她離開了，而那幅畫已經差不多完成了。畫家希望她再過去一次，但是現在我已經等不下去了，一個禮拜前，我向畫家要了那幅近乎完成的畫。現在那幅畫已經被裱上框，昨天送到家裡來了，我很想立刻展示給你看，但是如果能有點慶祝的氣氛會更好。當然，不來點香檳就不對了，除此之外我該如何興高采烈起來呢！你說好嗎？」

在他的玩笑背後，我感受到真情，甚至是藏起來的淚水，因此即便我沒有那個興致，但還是快活地同意了。為了這個對他而言似乎已完全失去的女子，對我而言則是真真實實已經失去的女子，我們著手準備向她致敬的慶祝活動。

「你還記得她的花嗎？」他問我：「我不懂花，也不知道那是什麼花，她總是會買那種有白色、黃色還有紅色的花。你不記得了嗎？」

「嗯，我知道一些，怎麼了？」

「你去買花，叫輛車來，我本來就要進城一趟，我們要弄得像她也在這裡一樣。」

他又想到了一些事，看得出來，他真的一直深深思念著歌特蘿德。發現這點讓我既高興又心痛，由於她的緣故，他不再養狗，自己一個人生活，他以前可從來無法長時間不近女色啊！他訂了她的畫像，還叫我去買她的花！這就好像他拿掉了面具，而我則看到那頑固自私的性格背後，隱藏著一張孩童稚嫩的臉孔。

「但是，」我提出了異議：「我們最好還是現在或是下午來看那幅畫，畫應該在白天的光線下看比較好。」

「什麼啊，你明天還可以好好看個夠的。希望畫得很漂亮，不過這對我們來說都無所謂了，我們只是要看看她而已。」

餐後，我們搭車進城採購，最主要是買花，一大束的菊花、一籃玫瑰、幾把白丁香。買花的時候，他突然想到也要給在R市的歌特蘿德寄一大盒花去。

「花真是美，」他若有所思地說：「我知道歌特蘿德喜歡花，我也喜歡，只是我沒辦法細心照顧它們。如果沒有女人照顧，我那裡就永遠都亂七八糟，不舒適。」

傍晚時，我在樂室裡發現了那幅立起來的全新畫像，上面蓋著一塊絲綢。我們歡樂地飲宴，莫德要求先聽聽那首婚禮前奏曲，我彈奏完畢後，他揭開了畫，兩人靜靜地站在畫前好一會兒。這是一幅全身畫，畫中的歌特蘿德身穿明亮夏裝，澄澈的雙眼親暱地望著我們，過了一段時間，我們才能轉頭看向對方，伸手相握。莫德斟來了兩杯萊茵葡萄酒，朝著畫像點了點頭，我們為這個彼此都思念的人乾杯。接著，他小心翼翼地抱起畫像拿了出去。

我請他唱首歌，但是他不願意。

他微笑說道：「你還記得我婚禮前我們倆共度的那個夜晚嗎？我現在又變成單身漢了，我們再來喝個幾杯，找點樂子，要是你的泰瑟也在就好了，他比起你我都還要懂得享樂，回家後請幫我問候他。雖然他無法忍受我——」

以前他總是小心翼翼、萬分珍惜地享受美好時光，現在他依舊如此興高采烈，開始滔滔不絕，提起了過去的點點滴滴，我驚訝地發現，所有我以為他早已忘卻的事物，不論是芝麻小事或是偶發事件，都還活在他的記憶之中，就連我在他那裡和瑪莉安、克朗澤爾還有其他人一同度過的第一個夜晚，以及過去我們吵架的事，他也沒忘記過。只有歌特蘿德他不願提起，她出現在我們兩人之間以後的事情他都不說，我覺得這樣也好。

我很高興能享受這出乎預期的美好時光，他痛快地喝下美味的葡萄酒，我並沒有勸阻他，我知道這種心情對他來說有多麼難得，他又是多麼保護、珍惜這種心境；如果沒有酒，他是不會有這種心情的。我也知道，這種狀況持續不了多久，明天他又會回到情緒惡劣、難以親近的樣子，即便如此，我心中還是燃起一股真摯的暖意，以及近乎喜悅的心情；在這樣的情緒之中，我傾聽著他述說那些理智而深沉，但也充滿矛盾的見解；他還不時向我投來迷人的目光，這是只有在這種時刻他才會有的眼神，一種彷彿剛從夢中甦醒過來的人所擁有的眼神。

在他突然沉默下來、陷入沉思時，我說起了我的神智學老師對我說過的那種孤獨病。

「這樣嗎？」他愉悅地說：「而你相信那是真的？你還真該去當神學家啊！」

「為什麼這麼說？那可能真的有些道理。」

「當然。賢明之人無論何時永遠都會告訴你，所有一切只是自負的幻象。你知道嗎？我以前常常閱讀這類書籍，但是我可以告訴你，那些一點意義也沒有，完全沒意義。所有那些哲學家所寫的東西都只是小把戲而已，也許他們會因此而獲得慰藉。有人因為無法忍受其他同存於世之人而想出了個人主義；另外還有人因為無法獨自堅持生活而創造了社會主義。也許我們的孤獨感真的是種病，只是知道那是種病也不會改變什麼。夢遊也是一種病，因此患了夢遊症的人才會站在屋簷的水溝槽上，如果有人大聲叫他，就會害他摔斷脖子。」

「但是，這不太一樣啊。」

「那不重要，我不是說我是對的，我只是想說，智慧無用，這世上只有兩種智慧，其餘介於這兩者之間的全是廢話。」

「你說的是哪兩種智慧？」

「這個世界有可能如佛教徒和基督徒所說的是殘缺和貧賤的，所以人必須清心寡欲，放棄一切，而我相信，人會從中獲得全然的滿足，禁欲者過的日子並不如一般人所想的那樣清苦；又或者，這世界和人生本來就是美好而適切的，那麼人就只能穩穩地過日子，之後再靜靜地死去，這樣結束一切……」

「那麼你自己又相信什麼呢？」

「這沒什麼好問的。大部分的人會因為天氣狀況、身體健康情形以及口袋裡有多少錢而選擇相信兩者之一；那些真正有信仰的人，並不會遵照著信仰的規範過日子，我自己也是這樣，我和佛陀一樣相信人生虛無，但是我還是依循感官享受而活，彷彿我的感官知覺才是最重要的。只是如果能更輕鬆愉快點就好了！」

我們結束談話時，時間還不算很晚。兩人穿過只點著一盞孤燈的鄰室時，莫德抓住我的手臂攔住我，他點亮了所有光源，掀起倚在那兒的歌特蘿德畫像上的布簾，我倆再次端詳那張心愛而明亮的臉龐，接著他又蓋上布簾，熄了燈。他陪我回到房間，放了幾本雜誌在我桌上，讓我想看的時候翻一翻，之後便和我握了握手，輕聲說道：

「晚安，親愛的朋友。」

我上了床，躺了半個小時仍醒著，腦子裡仍舊想著莫德的種種。聽到他如此忠實地回憶起所有我們交往的點點滴滴，我既感動又羞愧；他不是個善於展現感情的人，但他對喜愛之人的用情之深，卻超乎我的想像。

之後，我睡著了，夢中混雜著莫德、我的歌劇與羅爾老師。當我醒來的時候，天還沒亮，我是被嚇醒的，但不是因為夢境的關係。我看著灰白的四方形窗子朦朦朧朧地逐漸轉亮，覺得頭腦悶悶脹脹的很難受，便起了身，試著讓自己完全清醒過來。

這時我的房門傳來又急又重的敲門聲，我跳了起來，打開門，天氣很冷，我還沒點上燈。門外站著那名佣人，身上只披著件衣服，用受驚呆滯的眼神害怕地望著我。

「請您來一下！」他喘著氣低語：「請您來一下！出事了。」

我只披上掛在一旁的睡袍，就隨著他下了樓。他打開一扇門，向後退了一步讓我進入，房中的一張籐桌上放著一個小燭台，燭台裡燃著三根粗蠟燭，旁邊是一張凌亂的床，我看見我的朋友莫德面朝下伏躺在床上。

「我們得把他翻過來。」我輕聲說。

那佣人不敢照做。

「醫生馬上就到了。」他結結巴巴地說。

但是我強迫他照做，我們把莫德翻了過來，我看到我朋友的臉蒼白扭曲，襯衫上滿是鮮血。我們將他放平並蓋上被子時，他的嘴極輕微地抽動了一下，眼神已然空洞。

這時，佣人開始急切地敘述前後，但是我什麼也不想聽。醫生抵達的時候，莫德已經死了。清晨時分，我出門去給尹姆多家發了電報，接著又回到那幢寂靜的房子裡，坐在死者的床邊，聽著外頭穿過林間的風聲，我當下終於知道自己有多深愛這個人了。我無法憐憫他，因為他死了會比活著輕鬆。

傍晚時，我站在火車站看著老尹姆多走出車廂，身後跟著一位高䠷的黑衣女子。我帶他們去看死者，莫德的遺體已換上裝，安放在靈床上，躺在昨天買的鮮花當中。歌特蘿德彎下身，吻了他毫無血色的脣。

我們站在他的墳邊時，我看到一個美麗高䠷的女人，手裡捧著玫瑰花，哭腫了臉，獨自站在那兒。我好奇地瞧了一眼，是珞蒂。她朝我點點頭，我微微對她笑了一下。然而，歌特蘿德並沒有哭，她的臉瘦削而蒼白，在飛散風中的細雨裡清醒嚴肅地凝視著，像一棵幼樹一樣撐著自己，猶如長出了穩固的根一樣地站著。這只是一種自我保護，兩天後，當她在家中拆開莫德寄去的花時，她崩潰了。此後有很長一段時間我們沒有人見過她。

第九章

我同樣也是後來才感受到心中的悲痛。就像一般的狀況一樣，我想起了過去無數對不起我死去友人的事情，但是最嚴重的是他對自己所做的事，不是只有自殺而已。我常常思考著這些，我找不到他命運中有模糊不清或無法理解之處，不過一切都顯得殘酷而諷刺。我自己的人生是這樣，而歌特蘿德和很多人的人生也是一樣。命運乖舛，人生無常且殘酷，大自然中沒有善良與理性，然而縱使受到偶發事件的玩弄，我們人的心中依舊存在著善良與理性，我們可以比自然堅強，比命運堅強，儘管只是暫時的幾個小時。若必要的話，我們可以接近彼此，以理解的眼神望著對方，可以互相愛慕，成為彼此的慰藉。

有的時候，當黑暗的深淵沉默不語時，我們能做的事情又更多了。我們可以轉瞬為神，伸出命令之手創造出未曾存在的事物，而此事物一旦自成一體，沒有我們也能夠存活。我們可以將聲音、文字或其他脆弱無用之物轉化成玩具或是充滿意義、慰藉與善意的旋律與歌曲，那將比偶發事件或命運的戲弄更美妙不朽。我們可以讓神存於心中，當我們與神緊密相連時，祂有的時候便可以透過我們的眼睛或話語看到那些不認識祂或想認識祂的人，甚至和他們交談。我們不能讓心抽離出生命，但是我們可以塑造並教導它戰勝意外，即便痛苦，也能不屈不撓地凝望之。

自從海因利希．莫德下葬後，幾年來我都是這樣在心中千萬次地想像著重生的他，可以比他在世的時候更明智、熱誠地與他對談。時光流逝，我看到了年邁的母親倒下、過世，也看到美麗快樂的布莉姬特．泰瑟在經過數年的等待，心中傷口癒合後，嫁給了一位音樂家，但卻在首次分娩時喪生。

當年歌特蘿德由於我們寄去的花而被傷慟擊倒，是因為看到故人的問候與求愛。歌特蘿德克服了這些苦痛。雖然我每天都會見到她，但是並不常與她提起這件事。不過我認為，當她回顧自己的春天，會像是回顧往昔旅行時所看到的遙遠山谷，而非一座逝去的伊甸樂園。她又找回了活力與爽朗，也再度唱起了歌，然而自從那印在死者唇上的冰冷一吻後，她再也沒吻過其他男人。隨著時間流逝，她恢復了原有的性情，彷若半老年華的冰清花朵散發清香，我的思緒因而有一、兩次又再走上那條禁忌舊路，心想著：為什麼不行呢？然而，我心中早已知曉她的答案，我和她的人生都已經無從修正了。她是我的朋友，每當我熬過不安孤獨，從平靜裡走出來，寫下一首歌或奏鳴曲時，這些作品最先歸屬的是我們兩人。莫德是對的，人老了之後會比年輕時更知足，但是我並不會因此輕視年輕的時光，因為這段光陰仍舊在我所有的夢裡迴響著，就像一首美妙的歌曲，如今聽來比起當年真正發生時更加純淨清澈。

赫曼・赫塞年表

柯晏邾／彙整　主要資料來源／德國舒爾坎普出版社

一八七七　七月二日誕生於德國卡爾夫（Calw）。
父：約翰・赫塞（Johannes Hesse, 1847-1916），原籍俄羅斯愛沙尼亞，波羅的海地區傳教士，也是後來成立「卡爾夫出版聯盟」領導人，一八六九～七三年在印度傳教。
母：瑪麗・袞德爾特（Marie Gundert, 1842-1902），當時聞名的印度學家、語言學家也是傳教士赫曼・袞德爾特（Hermann Gundert）的長女。

一八八一～八六　與雙親定居瑞士巴塞，父親在巴塞教會學校授課，八三年取得瑞士國籍（先前為俄國國籍）。

一八八六～八九　全家返回卡爾夫定居，赫塞上小學。

一八九〇～九一　進入葛平恩（Göppingen）拉丁文學校，準備參加伍爾騰山邦（Württemberg）的國家考試，以獲得圖賓恩（Tübingen）教會神學院免費入學資格。獲得獎學金後，赫塞必須放棄原有的巴塞公民籍，他的父親於是為他申請，於九〇年成為全家唯一具有伍爾騰山邦公民籍的家族成員。

一八九一～九二　進入茅爾布龍（Maulbronn）新教修道院，七個月後中斷逃校，因赫塞「只想當詩人」。

一八九二　四、五月進入波爾溫泉（Bad Boll）宗教療養中心療養，六月試圖自殺，之後被送進史戴登（Stetten）神經療養院直到八月。十一月進入堪史達特中學（Gymnasium von Cannstatt）。

一八九三　七月完成一年自願畢業考。

「變成社會民主黨人跑酒館。只讀我極力模仿的海涅作品。」

十月開始書商實習，三天就放棄。

一八九四～九五　在卡爾夫佩羅塔鐘工廠實習十五個月。計畫移民巴西。

一八九五～九八　圖賓恩學習書商經營學。

九六年發表第一首詩〈德國詩人之家〉（刊登於維也納的報刊雜誌上）。

九八年十月出版第一本著作《浪漫詩歌》。

一八九九　開始寫作小說《無賴》（Schweineigel）（手稿迄今下落不明）。

散文集《午夜一點》（Eine Stunde hinter Mitternacht）於六月出版。

九月遷居巴塞，直到一九〇一年赫塞在此地擔任書商助理。

一九〇〇　開始為《瑞士匯報》（Allgemeine Schweizer Zeitung）撰寫文章與評論，這些文章比書「更有助於我在當地的聲名擴張，對我的社交生活頗多助益。」

一九〇一　三至五月首遊義大利。八月開始在古書店工作（直到〇三年春）。

出版《赫曼·勞雪的遺作與詩作》（Die Hinterlassenen Schriften und Gedichte von Hermann Lauscher）。

一九〇二　詩集於柏林出版，並題文獻給不久前去世的母親。

一九〇三　辭去古書店的工作。

將《鄉愁》（Camenzind）手稿寄給柏林的費雪出版社（Fischer Verlag）。

和五月訂婚的攝影師瑪麗亞·貝努麗（Maria Bernoulli）一同，第二次前往義大利。

十月開始在卡爾夫寫作《車輪下》（Unterm Rad）等（直到〇四年）。

一九〇四　費雪出版社正式出版《鄉愁》。

結婚，六月遷居波登湖畔（Bodensee）的該恩村（Gaienhofen）一個閒置農舍。

成為自由作家，為許多報章雜誌撰稿（包括《慕尼黑日報》、《萊茵日報》、《天真至極》（Simplicissimus）等等）。

一九〇五　出版研究傳記《薄伽丘》（Boccaccio）與《法藍茲·阿西西》（Franz Assisi）。
長子布魯諾誕生於十二月（Bruno Hesse 1905-1999，畫家／插畫家）。

一九〇六　《車輪下》正式出版。
《三月雜誌》（März）創刊，是一份鼓吹自由、反對德皇威廉二世統治的雜誌，赫塞直到一九一二年都列名共同出版人。

一九〇七　出版短篇小說《人世間》（Diesseits）。在農舍附近另築小屋並入住。

一九〇八　出版短篇小說《鄰居》（Nachbarn）。

一九〇九　次子海訥誕生於三月（Hans Heinrich Hesse 1909-2003，裝潢設計師）。

一九一〇　小說《生命之歌》（Gertrud）在慕尼黑出版。

一九一一　三子誕生於七月（Martin Hesse 1911-1969，攝影師）。
詩集《行路》（Unterwegs）在慕尼黑印行。
九月至十二月偕畫家友人一同前往印度。

一九一二　出版短篇小說《崎嶇路》（Umwege）。

和家人遷居瑞士伯恩，住進逝世友人也是畫家亞伯特・威爾堤（Albert Welti）的房子，此後終生未再返回德國。

一九一三　出版《來自印度，印度遊記》（Aus Indien. Aufzeichnungen einer indischen Reise）。

一九一四　費雪出版社三月出版小說《羅斯哈德之屋》（Roßhalde）。

第一次世界大戰爆發，赫塞登記自願服役，卻因資格不符被拒。

一五年被分發到伯恩，服務於「德國戰俘福利處」，直到一九年為法、英、俄、義各地的德國戰俘提供讀物，出版戰俘雜誌。

一七年成立專為戰俘服務的出版社，直到一九年為止赫塞共編輯了二十二本書，在德、瑞士及奧地利報章雜誌發表許多和平主義相關文章、公開信等。

一九一五　戰爭之初赫塞即公開發表一些反戰言論，此舉引起法國文學家、和平主義者羅曼・羅蘭（Romain Rolland，1866-1944，是年獲頒諾貝爾文學獎）的共鳴，主動寫信向赫塞致意，兩人從此展開跨國際友誼。

一九一六　赫塞的父親逝世，妻子開始出現精神分裂症狀，最小的兒子罹患危及生命的腦膜炎，德國境內對赫塞的政治性抨擊日益強烈，最後導致赫塞神經崩潰，到瑞士琉森接受榮格（C.G. Jung，1875-1961）的學生所進行的初次精神治療。

《德國戰俘報》及《德國戰俘周日報》創刊。

一九一七　德國國防部禁止赫塞出版批評時事的文字，開始以筆名愛米爾・辛克萊（Emil Sinclair）在報章雜誌發表文章、寫作。

一九一九　在伯恩匿名出版政治性傳單《查拉圖斯特拉再現，一個德國人想對德國年輕人說的話》（Zarathustras Wiederkehr. Ein Wort an die deutsche Jugend von einem Deutschen）。

四月和住進療養院的妻子分居，孩子交給朋友照料。

五月獨自遷居瑞士蒙塔紐拉（Montagnola）／鐵辛（Tessin）的卡薩卡慕齊之屋（Casa Camuzzi），直到一九三一年。

《徬徨少年時》（Demian）於柏林出版，以筆名愛米爾・辛克萊發表。

一九二〇~二一　發表詩集，並附上親筆插畫。

撰寫《流浪者之歌》，第一、二部中間歷經長達半年的寫作危機。

前往蘇黎世接受榮格的心理分析。

展出十一幅水彩畫。

一九二二　《流浪者之歌——印度詩篇》（Siddhartha, eine indische Dichtung）於柏林出版。

一九二三　出版《辛克萊筆記》（Sinclairs Notizbuch）。

六月正式和妻子離異。

一九二四　重新取得瑞士國籍。在巴塞著手準備出版企劃。

和露特·溫格（Ruth Wenger，1897-1994）結婚。

一九二六　被普魯士藝術學院推選為外部文學院士，三一年又主動退出：「我有種感覺，下一次戰爭發生，這個學院許多人將會蜂擁附和那些重要人士，就像在一九一四年一樣，這些大人物在國家公約裡就一切攸關生死的問題欺騙人民。」

一九二七　出版《紐倫堡之旅》（Die Nürnberger Reise）及《荒野之狼》（Der Steppenwolf），同時由雨果·巴爾（Hugo Ball）撰寫的第一本赫塞傳記在赫塞五十歲生日出版。

依照第二任妻子的願望，兩人離婚。

一九二八～二九　出版少量散文和詩集。

一九三〇　出版《知識與愛情》（Narziß und Goldmund）。

一九三一　遷入波德默（H. C. Bodmer）為他所建並供他餘生居住的房子。

和藝術史學家妮儂・多賓（Ninon Dolbin）結婚。

一九三二　《東方之旅》（Die Morgenlandfahrt）出版於柏林。

一九三二～三四　撰寫晚年巨著《玻璃珠遊戲》（Das Glasperlenspiel）。

一九三四　成為瑞士作家協會一員（該協會成立目的在於防禦納粹文化政策，並提供退休作家更有效的協助）。

詩集《生命之樹》（Vom Baum des Lebens）出版。

一九三九～四五　納粹德國政權將赫塞作品列入「不受歡迎名單」內，《車輪下》、《荒野之狼》、《觀察》（Betrachtung）、《知識與愛情》、《世界文學圖書館》（Eine Bibliothek der Weltliteratur）不得再版。原本費雪出版社計畫出版的《赫塞全集》被迫改在瑞士印行。

一九四二　費雪出版社無法取得印行《玻璃珠遊戲》許可。赫塞全集第一冊，《散文詩》，在蘇黎世印行。

一九四三　自行在蘇黎世出版《玻璃珠遊戲》。

一九四四　納粹蓋世太保逮捕赫塞作品出版人舒爾坎普（Peter Suhrkamp）。

一九四五　出版《貝爾托德，小說殘篇》（Berthold, ein Romanfragment）、《夢幻之旅》

（Traumfährte）（新的短篇小說和童話作品）。

一九四六　在蘇黎世出版《戰爭與和平》（Krieg und Frieden），收錄一九一四年以來有關戰爭和政治的觀察評論，之後赫塞的作品又得以在德國印行。

法蘭克福市授與「歌德獎」。

獲頒諾貝爾文學獎。

一九五〇　赫塞鼓勵舒爾坎普成立自己的出版公司，此後赫塞作品都由該出版社發行。

一九五二　舒爾坎普出版社印製六冊的《赫塞全集》當作赫塞七十五歲生日的祝賀版本。

一九五四　《皮克托變形記，童話一則》（Piktors Verwandlung. Ein Märchen）出版於法蘭克福。《赫塞與羅蘭書信集》（Der Briefwechsel: Hermann Hesse – Romain Rolland）在蘇黎世出版。

一九五五　《召喚，晚年散文新篇集》（Beschwörungen, Späte Prosa / Neue Folge）出版，獲頒德國書商和平獎（Friedenspreis des Deutschen Buchhandels）。

一九六二　八月九日，赫塞逝世於蒙塔紐拉。

國家圖書館出版品預行編目 (CIP) 資料

生命之歌 / 赫曼．赫塞（Hermann Hesse）著；
柯麗芬譯 – 初版 . – 台北市：遠流 , 2013.05
面；　公分 . --（赫曼赫塞作品集；E0501）

譯自：Gertrud
ISBN：978-957-32-7195-6（平裝）

875.57　　　　102006755

赫曼赫塞作品集 E0501

生命之歌 Gertrud

作者：赫曼．赫塞 Hermann Hesse

譯者：柯麗芬
執行編輯：高竹馨
主編：張詩薇
總編輯：黃靜宜
行銷企劃：葉玫玉、叢昌瑜
封面設計：林小乙
內文排版：中原造像股份有限公司

發行人：王榮文
出版發行：遠流出版事業股份有限公司
地址：台北市100南昌路2段81號6樓
電話：（02）2392-6899
傳真：（02）2392-6658
劃撥帳號：0189456-1
著作權顧問：蕭雄淋律師
初版一刷：2013年5月 1 日
初版三刷：2021年1月20日
ISBN：978-957-32-7195-6（平裝）
定價：新台幣300元

若有缺頁破損，請寄回更換

遠流博識網：http://www.ylib.com
e-mail:ylib@ylib.com